Pétrichor, l'hiver…

Oihan LORENT

PÉTRICHOR, L'HIVER...

Roman

Édition : BoD – Books on Demand,

12/14 rond-point des Champs-Élysées, 75008 Paris

Impression : BoD - Books on Demand, Norderstedt,
Allemagne

ISBN : 9782322401963

Dépôt légal : Novembre 2021

À mes dames...

Valérie, ma si nécessaire, mon inséparable ;

Ève, ma sœur, avec mon infini respect et mon affection illimitée ; ma première et plus fervente lectrice ;

Jeanne, ma mère, bien sûr ;

Nicole, pour sa relecture.

Pétrichor :

Liquide huileux sécrété par certaines plantes, puis absorbé par les sols pendant les périodes sèches et chaudes.

Après la pluie, cette huile dégage des **composés** *qui, en se combinant avec la géosmine, produisent en été cette odeur si plaisante de terre mouillée.*

Ce mot vient de « petra » (pierre) et « ichor » (le sang des dieux, en grec ancien).

PARTIE 1 :
DÉRIVE

Avant...

La langue blanche vient lécher le sel sur ses pieds ; repart vers l'océan avec sa provende dans un bruit de succion. Emporte avec elle un peu de la chaleur corporelle ; peau qui pâlit, perte de sensibilité au niveau des orteils.

Phi ne remet pas ses chaussons de néoprène ; aime la confrontation avec les éléments, la jouissance de les dompter ; tout du moins d'en avoir l'illusion éphémère.

Car la lutte est inégale. Lui mourra un jour, peut-être. Enfin, certainement. Voudrait que ce soit dans une ultime confrontation, broyé par cette puissance et recraché à terre, trophée dérisoire.

Et qu'importe... Sa seule crainte est de ne pas choisir son destin.

L'océan, lui, restera, sans fierté ni suffisance ; sait la pérennité de la houle du large qui l'abreuve, sa force et la vulnérabilité des hommes.

Il est tôt. Le soleil rechigne à se hausser au dessus des toits des immeubles de l'avenue des Hippocampes. Pas de brise, ou si peu... Mais pourtant, les murailles bleues, vertes, souvent rouges aussi du sable qu'elles brassent, viennent s'effondrer dans une violence paisible, ponctuant leur chute d'un grognement monstrueux. À peine l'une s'est-elle déversée qu'une autre, plus haute encore, se dresse dans un jeu de séduction létal pour tenter les fous qui oseraient les défier.

Trop tard pour celle-ci, elle s'écrasera bien avant que Phi ait rejoint l'eau. Mais peut-être est-elle la précurseure d'une série. Il réenfile ses chaussons, attache son *leash* et glisse sa planche sous son bras. Une fois dans la zone de ressac, il s'arrête, pour dévisager la vague avec arrogance. Le colosse ne s'y trompe pas, démasque le respect de l'homme derrière la fanfaronnade ; s'abat à ses pieds dans une longue étreinte qui le déstabilise.

La vague suivante est moins intimidante ; Phi glisse son *gun* au ras de l'écume, en canard pour franchir la barre et rejoindre le *line-up*.

Océan calme, ici, presque paisible. Il se dresse sur sa planche, se tourne vers le large et hurle :

– Vas-y, mon vieux ; reprends des forces ! Je n'en ai pas fini avec toi !

Sa voix se perd dans le silence. Pas d'écho, bien sûr.

Horizon. Lisse. Interminablement. Et soudain, au loin, l'amorce d'une intumescence.

Lui patiente. N'ignore pas que celle-ci peut se résorber, rejoindre son élément d'origine. Mais le gonflement est sensible, maintenant, prometteur comme un ventre d'épouse.

Phi se couche sur sa planche, rame, une main, l'autre, vers la côte. Derrière lui, la masse se rapproche ; il accentue le rythme, s'agenouille. Se redresse en sentant sa planche se soulever.

Il est sur la lèvre, maintenant.

Alors il s'élance dans la pente, un peu trop vite, se retrouve à droite du pic. Petit *cut-back* pour se rapprocher de l'écume et enfin profiter du déferlement pour prendre de la vitesse.

Le rouleau manquera d'altitude pour espérer un tube. Peu importe ; Phi remonte jusqu'à la lèvre ; eau, virages, écume, remous, envol…

Ciel.

———————

La brise de mer s'est levée, lissant la crête des vagues, les privant de s'effilocher en un voile blanchâtre. Une mèche de cheveux blonds, encore pâlis par le sel et le soleil, vient masquer un instant son regard. Il la repousse d'un geste instinctif.

Quelques pêcheurs, maintenant ; des promeneurs qui s'amusent avec leurs chiens. Une fille a posé sa serviette sur la plage, pull vert et jean. Lit, assise en tailleur ; pieds nus.

Les surfeurs arriveront plus tard, jusqu'à la nuit, jusqu'à ce que le sillon clair tracé par leurs ailerons devienne sombre, à son tour. Pour l'instant, Phi n'en distingue qu'un, au loin, vers la Gravière.

Mais ils viendront. Un coefficient de 108, ça ne se rate pas, malgré le vent *on-shore*.

Sig est survenu ; s'assied, à sa droite. Tenue de ville ; il n'est pas là pour la glisse. Pas un regard vers Phi ; la perfection est là. Devant.

– Je savais que tu serais sur « La Nord ».

– Rare que j'aille ailleurs...

Silence. Regards parallèles vrillant l'immensité. Longtemps.

– Alors ?

– Alors quoi ?

– Enéa...

– Pareil. Elle doit dormir, encore.

– Tu rentres quand ?

– Plus tard ; je ne suis pas prêt.

Silence, de nouveau. Sig sait ; sait le dégoût, la nausée qui monte dans la gorge de Phi. Sait qu'il faut du temps ; quelques heures, comme chaque jour. Alors Phi pourra rejoindre l'avenue des Cigognes, sa maison. Pousser la porte, embrasser la nuque pâle à travers le fouillis des boucles brunes. Toujours derrière elle, poser ses mains bronzées sur son ventre, ses seins. Sentir le léger frissonnement du corps, la tête d'Enéa s'abandonner, en arrière, sur son épaule.

Du temps. Juste un peu de temps.

Sig parle, regard vers l'Ouest. Encore.

– Putain de beauté...

– Oui.

– Ça va bien faire du quatre mètres de houle, cet après midi. Tu reviendras ?

– Non. Ça ira mieux.

– Ne lâche pas... Ça pourrait être elle.

– Peut-être.

– Faut que j'y aille...

– À plus.

Onze heures. Phi se redresse ; s'étire. Retourne à son Combi glisser la planche dans sa housse, retire sa combinaison néoprène. Ne se sent pas prêt, encore. Rejoint le Rock Food par la promenade du front de mer pour un jus de fruits en terrasse. La plage se marbre progressivement de taches multicolores. Octobre. Douceur.

Prend un magazine plié en deux dans la poche de sa veste, le temps de quelques pages. Relève les yeux, souvent ; peut-être pour faciliter sa réflexion, espérer qu'une révélation surgisse du chaos des vagues.

Promenade du front de mer, dans l'autre sens. Moteur. Boulevard de la Dune. Colline de sable blond à sa gauche, qui barre la vue mais dissuade le sel de venir ronger trop vite les peintures, corroder les tôles.

Il se gare devant l'entrée, pousse la porte.

Embrasse la nuque pâle à travers le fouillis des boucles brunes.

Derrière elle, pose ses mains bronzées sur son ventre, ses seins. Sent le léger frissonnement du corps.

La tête d'Enéa s'abandonne, en arrière, sur son épaule.

Plénitude.

Jusqu'à demain.

Doutes

Phi dit qu'il va au village ; que c'est le jour de sortie du magazine « Surf Session », à la maison de la presse.

– Tu m'attends ? J'ai repéré des petits vêtements sympas chez « Roxy ».

Visage de Phi, détourné. Enéa ne doit pas voir que celui-ci se creuse ; les poings qui se serrent au secret de ses poches.

– Oui, bien sûr.

Le reflet dans la vitre la dessine, qui finit de déjeuner ; longue chemise d'homme ne tenant que par deux frêles boutons qu'elle aime porter le matin, petite culotte. C'est tout. Pas encore maquillée ; probablement fraîche, lumineuse. Cheveux bouclés mi-longs qui encadrent le visage sans éclipser l'éclat des yeux gris-bleu. Devrait être belle. L'est, peut-être. Enfin... Le sera, tout à l'heure.

Elle se lève, finit d'une dernière gorgée pressée sa tasse de café. Phi la voit s'éloigner vers la chambre ; jambes fines qui ondulent, chaque pied nu se posant dans l'exact prolongement de l'autre. Chemise qui tombe au sol, dévoilant la cambrure des reins.

Phi ferme les yeux ; expirations longues, espacées. Il doit retrouver le calme, le contrôle.

– Je t'attends dans le jardin !

– D'accord ! J'en ai pour cinq minutes…

Lui, qui traverse la route ; va jusqu'au pied de la dune, en face. Entend le brame des vagues, de l'autre côté, qui l'appellent pour une nouvelle étreinte. S'efforce de calquer le rythme de sa respiration sur elles.

Enéa est déjà assise dans le Combi, côté passager. La portière n'est presque jamais fermée à clé.

Phi la rejoint, visage ombrageux ; met le contact.

Avenue des Cigognes. Devine qu'Enéa le regarde. Elle parle.

– C'était vraiment bien, hier soir.

Phi regarde droit devant, fixement. Avenue de la Grande Dune.

– Pour moi aussi.

La main gauche d'Enéa vient effleurer sa nuque ; la droite s'enfonce sous la chemise, contre son torse. Phi parvient à ne pas tressaillir ; contient le mouvement de recul.

– Si tu étais toujours comme ça…

– Comment ça ?

– Comme la nuit dernière.

Phi sait qu'elle le devine tendu, agressif.

– Tu sais, moi, le matin…

Phi trouve une place avenue Paul Lahary, pas très loin du centre.

– Bon, je vais chercher « Surf Session » et on se retrouve là.

– Tu ne viens pas avec moi ?

Silence…

– S'il te plaît… J'aime bien quand tu m'aides à choisir.

Ne peut lui refuser ; tant de douceur...

– Bon… D'accord.

Quelques pas ; ils pénètrent chez « Roxy ». Enéa déplie contre sa poitrine une marinière rose et blanche qu'elle a aperçue dans la première pile.

– Comment tu trouves ?

Phi la regarde à peine.

– Pas mal. Mais tu as un peu l'air d'une ado…

Une chemise ornée de fleurs rouges, maintenant.

– Oui, c'est bien. J'aime bien la taille haute qui arrive au dessus du nombril.

Espère qu'elle choisira vite… Que c'est fait, peut-être ; qu'une décision a été prise. Sent son trouble qui s'amplifie, de nouveau.

Enéa s'empare d'une petite robe blanche simple, mi-cuisses ; d'un short léger à rayures ciel et roses.

– Je ne peux pas essayer ça ici… Tu m'accompagnes à la cabine ?

Nausée ; ses prémices. Murs qui oscillent. Sueur qui perle sur le front de Phi. Elle retire son jean, enfile le short, derrière le rideau.

– Alors ?

– Génial !

– Phi, tu n'as même pas regardé !

Dégoût, qui le happe comme une vague scélérate.

Elle referme le rideau, boudeuse ; passe la petite robe blanche, s'observe dans la glace. Pas mal... Elle fait coulisser la tenture.

Phi n'est plus là. Nulle part.

––––––––––––––

Avenue du Touring-Club. Elle l'aperçoit, qui revient de la maison de la presse. Le laisse s'approcher.

– Il t'est arrivé quoi, là ?

– Excuse-moi ; je n'étais pas bien...

– Phi, si tu as un problème, tu dois m'en parler... Tu me dois ça...

Lui baisse les yeux.

– Je le sais...

Il glisse sa main dans les cheveux d'Enéa ; sa répulsion s'est estompée, se dilue.

– J'aurais voulu... Vraiment... Je ne pouvais pas...

– Tu ne pouvais pas quoi ?

– Rester.

Ils progressent lentement le long de l'avenue, dans l'autre sens ; chacun perdu dans ses propres inquiétudes.

– On prend un verre ?

– Si tu y tiens...

Au café de Paris, ils demandent des jus de fruits frais pressés ; qu'importe lesquels.

Enéa agite nerveusement sa paille dans le verre, la tord, la dépose sur la table métallique. Finit par la replacer parmi les glaçons.

– Tu es homo, Phi ?

Lui, petit rire agacé ; regard abaissé pour ne pas croiser les yeux d'Enéa...

– Si c'était le cas, il y a longtemps que je te l'aurais dit. Ce n'est pas une tare...

– Tu ne m'aimes pas ?

Phi, de nouveau, presque sans réfléchir, apparemment irrité qu'Enéa ait pu formuler cette hypothèse ; qu'elle ait simplement pu l'envisager :

– Ça serait quoi, ma vie, sans toi ? Je ne conçois pas...

– Alors ?

– C'est compliqué.

Chacun se replonge dans son verre, médite.

– Il y en a une autre ?

Phi, voix froide…

– Non. Ça aussi, je te l'aurais dit.

―――――――――――

Ils regagnent l'avenue des Cigognes, le bruit du moteur ne masquant pas leur conversation, puisqu'inexistante.

Phi erre sans but dans le jardin. Gazon vert, dense, le ciel n'étant pas avare d'ondées, par ici, et le climat très doux. Hortensias qui ont, depuis quelques semaines, renoncé à fleurir. Un palmier à droite, un albizia à gauche ; cela suffit. Phi aime les vues dégagées. Regrette souvent la présence de la dune, derrière lui, même s'il la remercie pour sa protection, lors des tempêtes d'hiver.

S'assied sur une des chaises longues, feuillette les premières pages de son magazine, mais les mots ne parviennent pas jusqu'aux yeux, errent dans le vide.

Attirance

Se sont rencontrés en juin, au non hasard d'une soirée chez Sig et Ninon.

Ninon avait côtoyé Enéa sur les bancs de la fac de lettres, à Pau ; elles s'étaient découvert des goûts communs, appréciaient les mêmes loisirs, le même humour décalé ; les mêmes hommes, parfois.

Quant à Sig et Phi, longue histoire de deux amis de primaire qui ne s'étaient jamais perdus de vue, unis par leur passion commune pour le surf et l'océan.

Enéa et Phi étaient sans attache depuis quelques mois… Ninon et Sig avaient jugé opportun de provoquer une collision bénigne entre leurs destins, avec la curiosité amusée de voir ce qu'il adviendrait.

Situation ubuesque, théâtre de boulevard.

Mais ainsi que, dans l'histoire, la chance et la sérendipité ont présidé à bien des découvertes majeures comme la pénicilline ou la tarte Tatin, Enéa et Phi signèrent sans hésiter – bien que d'un stylo fébrile – le constat à l'amiable de leur attirance réciproque.

Durant tout l'été, ils partagèrent leurs soirées. Enéa habitait non loin du Skatepark, à Capbreton. Ils se rendaient tantôt chez l'un, parfois chez l'autre.

Une fois le repas pris, le plaisir advenu, l'invité repartait chez lui. Se retournait invariablement, quelques pas après la porte, pour un rituel maintenant immuable : mimer un baiser, embrassant le creux de sa propre main puis soufflant sur sa paume pour faire parvenir à l'autre l'illusion du contact. Phi devait nourrir et sortir le chien de ses voisins, en voyage à l'étranger ; Enéa traduire en Basque des articles et nouvelles pour la diffusion confidentielle d'un magazine local ; elle privilégiait pour cela le silence apaisant de la nuit, laissant parfois ses doigts parcourir le clavier jusqu'aux prémices de l'aube. Se levait tard, forcément.

Ce fut Enéa qui proposa, la première, aux derniers jours d'août. Avait la tête posée sur la poitrine de Phi, comme pour se bercer de sa respiration ; les jambes mêlées aux siennes sur les draps, comme une tresse.

– Je n'ai pas envie de rentrer chez moi, ce soir.

Phi tourna la tête vers elle, surpris…

– Tu n'as pas un article à rendre, pour demain ?

– Si, mais l'ordi est dans ma voiture. Mon chargeur de batterie a rendu l'âme et j'ai emmené mon portable avec moi, chez le réparateur, pour qu'il ne se trompe pas de modèle… Il y en a tellement !

Phi plonge longuement son regard dans le sien ; calme et douceur.

– Reste…

Enéa le récompense d'un petit baiser.

– Merci !

Se dresse, voile juste sa nudité d'un long pull emprunté à Phi et sautille, nu-pieds, jusqu'à la porte d'entrée, la voiture. Revient lestée du portable, dans sa housse rose.

Phi la regarde, amusé, pendant qu'elle enfile une culotte, des socquettes.

Mime un air sévère et hautain.

– Bon, d'accord, Mademoiselle ; je vous prends à l'essai. Mais, pour un C.D.I., il faudra déjà faire vos preuves !

Sourire d'Enéa qui regagne le bureau pour y brancher son matériel.

————————————

Septembre passa, si vite... Enéa travaillait tard, Phi se levait à peine après son assoupissement.

Lui vivait de petits travaux, essentiellement du jardinage ; tonte de pelouses, taille de haies, élagage d'arbres ; de temps en temps, donnait un coup de main à un ami *shaper* pour poser la fibre de verre et la résine sur des surfs que celui-ci construisait, surtout en période estivale où la demande était forte.

Aurait pu travailler beaucoup, comme bien des artisans ; préférait à un surplus d'argent du temps libre pour glisser sur l'océan, profiter d'Enéa.

Son Combi était ancien ; il le réparait lui-même avec des pièces de récupération. Juste la remorque pour transporter les débris végétaux qui vivait péniblement ses derniers instants. Il faudrait la remplacer. Un jour.

À midi, il rentrait, ses tâches généralement achevées.

Le repas était ascétique, Enéa venant souvent à peine de s'éveiller. Ils se contentaient la plupart du temps d'un sandwich et d'un fruit pour lui ; pour elle d'un laitage, d'une biscotte ; une tasse de café.

S'ensuivait une balade sur la plage, quand le temps s'y prêtait.

Enéa régissait l'intérieur, le ménage, l'entretien du linge ; s'agaçant un peu du laisser-aller de Phi quant à ses habits délavés, troués, tissus rongés de trop de lavages ; mais c'est ainsi qu'il les affectionnait ; dans ceux-ci qu'elle l'aimait.

Deux à trois fois par semaine, elle retournait à son appartement récupérer son courrier, picorer des vêtements qui lui dureraient quelques jours. N'avait pour l'essentiel entreposé chez Phi que le nécessaire pour sa toilette et son maquillage, son ordinateur.

C'est le soir que Phi laissait s'exprimer tout son talent culinaire. Il déposait sur la table un axoa de veau, un dos de cabillaud au chorizo, des nems de boudin basque et pommes à la gelée de piments Sakari... La liste semblait sans fin et provoquait à chaque fois le même ébahissement des papilles.

Quand la soirée était douce, ils la concluaient dans le jardin autour d'une boisson fruitée et rafraîchissante.

Comme une ado délurée, Enéa jouait à faire croître le désir de Phi par des attitudes équivoques ;

langue qui pourléchait plus que nécessaire sur les lèvres le sucre du *mocktail*, jambes qui se croisaient insuffisamment sous la courte robe d'été, si courte qu'elle suggérait à elle seule le bonheur et dont la bretelle glissait peu à peu pour dévoiler l'épaule, confesser l'absence de soutien-gorge.

Dans l'urgence, ils abandonnaient souvent les verres à moitié pleins sur la table du salon de jardin ; les retrouvaient au matin dilués de rosée ou de pluie.

Puis Enéa regagnait le bureau, se mettait au travail. À son éveil, Phi était bien sûr déjà parti.

———————————

En octobre, le hasard fit qu'Enéa se trouva moins sollicitée pour des traductions. D'autre part, la pluie s'installa durablement sur Hossegor, ce qui contraignit Phi à décommander plusieurs travaux d'extérieur. Ils se levaient donc presque ensemble et, à peine une tasse de café avalée, Phi s'enfuyait vers le hangar pour bricoler son vieux Combi ou enduire de paraffine ses multiples planches.

Quand la nécessité l'obligeait à retourner à la maison, ses pas le menaient toujours vers une pièce qu'Enéa venait de déserter. Pour se raser, il attendait qu'elle ait fini de prendre sa douche, ne s'aventurait dans la cuisine que s'il la savait dans le bureau.

Enéa n'y prêta pas une attention excessive ; la matinée passait vite, au gré des tâches ménagères et, quand Phi revenait vers midi, il l'enlaçait, l'embrassait avec tendresse. Fit le choix d'imputer au hasard le fait que Phi semblait s'enfuir, le matin, quand elle pénétrait dans la pièce où il se trouvait.

———————————

L'attitude de Phi chez « Roxy » avait laissé Enéa ébranlée, incertaine. Un moment de détente lui permettrait peut-être de désapprendre ses inquiétudes. Téléphona à Ninon pour la persuader de l'accompagner à Saint-Jean-de-Luz pour flâner dans les boutiques du centre-ville. Dans un magasin pour touristes, Enéa acheta une minuscule planche de surf argentée accrochée à une chaîne, pour lui. Ça l'amuserait, le ferait sourire.

Au hasard de leurs déambulations, elle évoqua le comportement de Phi. Confia sa propre incompréhension ; ses doutes.

Ninon ne parut pas surprise.

– Sig m'a déjà parlé de ça ; il faut attendre que ça passe, c'est tout…

– Et tu sais pourquoi ?

– Compliqué… Je ne suis pas certaine d'avoir compris, d'avoir saisi la logique… Il n'y a que Phi qui pourrait t'en parler. Mais je crois que, même lui, ça l'effraie. Laisse-lui un peu de temps…

Ninon s'arrête, fixe Enéa…

– Ne t'inquiète pas ; il n'y a que toi, dans sa vie. Et il t'aime.

Enéa reste pensive ; corrige :

– Me désire, oui ; sans doute…

———————————

Soir. Phi a dressé la table, a préparé des chipirons à la plancha accompagnés, fait rare chez lui, d'une bouteille d'Irouleguy blanc.

Il ne s'est pas rasé ; sait qu'Enéa apprécie qu'une ombre blonde tranche sur sa peau bronzée. A revêtu une chemise en toile d'un bleu délavé, un pantalon d'aviation aux larges poches latérales, sportif et élégant.

Enéa s'est parée d'un petit haut blanc simple qui lui dévoile le nombril, d'une courte jupe bouffante sombre, si légère que la moindre brise la soulève lorsqu'elle la porte dans la rue, la forçant parfois à contenir son envol d'un geste hâtif.

Ils se tiennent les mains, s'observent, supputent les pensées de l'autre.

Enéa n'a pas souhaité, osé formuler les questions. Ne pas gâcher l'instant. Demain, peut-être…

Ils évoquent leurs journées respectives.

La chambre rejointe, ils s'étreignent avec rage, violence, une âpreté inusuelle.

Recommencent, presque aussitôt.

Patience et douceur, cette fois.

———————————

5 heures. Enéa ne sait ce qui l'a éveillée. Tend le bras vers la droite pour effleurer le corps de Phi, se rassurer de sa présence. La place est vide, froide.

Elle se lève, passe un pull, explore chaque pièce dans la pénombre. Ne veut pas allumer les lumières ; peut-être ne parvenait-il pas à dormir et est-il allé s'étendre sur le canapé, pour ne pas la déranger. Ne souhaite pas le réveiller, s'il a enfin croisé le sommeil.

La maison est vide ; elle gagne le jardin. Le Combi est là. Peut-être a-t-il rejoint la plage, par la dune.

Une ombre, sur une des chaises longues ; Enéa se dirige vers elle, une branche craque sous ses pas.

Voit l'ombre courir, se précipiter ; grimper dans le Combi, mettre le contact, démarrer.

Les phares s'éloignent déjà dans l'avenue des Cigognes.

Elle, figée ; ne pouvant que constater.

Se retourne, plus tard. Il fait froid.

Enfin… Cette sensation-là.

———————

Phi revient, vers 10 heures. La porte de la maison n'est pas fermée à clé.

S'aperçoit avant d'entrer que la voiture d'Enéa n'est plus là. Le vide s'est substitué à la trousse de toilette, l'ordinateur. Même le sac à linge sale ne contient plus que ses propres vêtements.

Sur la table de la cuisine, un petit mot :

Pour le C.D.I., laisse tomber…

Vent de terre

Phi erre dans les rues, au volant de son Combi. Ne cherche pas la trace d'Enéa. Le pourrait mais contourne même Capbreton pour ne pas trop s'approcher du Skatepark, risquer d'apercevoir sa voiture.

Le temps des explications n'est pas venu, ne viendra pas. Il comprend son départ, sa réaction ; aurait aimé lui apporter plus, lui donner davantage. N'avait rien d'autre à offrir.

Hait ce courant de baïne qui, chaque matin, emporte son esprit à l'écart de toute logique ; sait que quelque tentative que ce soit pour l'affronter est inutile. Ne reste plus qu'à se laisser porter vers le large, se laisser dériver et regagner la côte plus loin, plus tard. Retrouver la raison.

Même l'océan ne l'attire pas, aujourd'hui.

Minutes ; heures… S'étonne de se retrouver sur la route de la côte, vers Mimizan plage ; a sans doute oublié de tourner à Soustons… Fait demi-tour.

La jauge de son réservoir d'essence s'abaisse périlleusement. Phi guette une station d'essence, en trouve une, s'y arrête. Son portefeuille est resté sur la table basse, à Hossegor.

Parcourt encore quelques dizaines de kilomètres. Moteur qui hoquette ; il se gare précipitamment à l'écart de la route.

L'obscurité est tombée. Il songe à appeler Sig, mais il est tard, déjà... Se sent vide, épuisé.

Va s'étendre à l'arrière du Combi, sur une couverture. Espère que des jeunes ne tenteront pas d'incendier son véhicule pendant son sommeil, juste pour s'occuper en rentrant ivres de boîte de nuit.

———————————

Matin, 10 h 30. Sig gare sa voiture près de la camionnette, sort un bidon du coffre.

Ne prononce pas un mot, l'air sombre. Sait, déjà ; sans doute Enéa a-t-elle téléphoné à Ninon. Aide Phi à remplir un peu le réservoir, lui tend son portefeuille qu'il est passé chercher avenue des Cigognes. La porte était ouverte, bien sûr.

Regagne sa voiture, se retourne vers Phi.

– Faut qu'on parle...

Remet le contact ; s'éloigne.

———————————

Café de la plage, place des Landais. Soleil timide et absence de brise de mer, qui rendent la terrasse encore fréquentable.

Phi a commandé une boisson alcoolisée, exceptionnellement. Sig a fait de même, parle.

– Évite de passer chez nous en ce moment. Ninon t'enverrait balader. Elle t'en veut ; vraiment.

– Je sais… Enfin j'imagine… Si j'avais pu éviter…

– Bon sang, tu n'aurais pas pu faire un effort, pour une fois ?

– Pas une question d'effort… Après midi, c'était parfait. J'y ai même cru, un moment. C'est tous ces matins, ces saletés de matins…

Silence.

– Ça allait, au lit ?

– Je ne savais même pas que ça pouvait ressembler à ça… Tu connais des mots pour décrire le paradis, toi ?

Sig cherche…

– Sublime ?

– Oui, à peu près ça… C'est l'idée.

_____

Phi lui a raconté, un jour. Agacé ; gestes brusques…

– Faire ça. Ne faire que ça. Se satisfaire de ça… Pas possible. Je n'y arrive pas…

– Faire quoi ? Baiser ?

– Oui, si tu veux… On peut dire ça comme ça… Surement pas le mot que j'aurais choisi mais, bon, on parle de la même chose…

– Où est le problème ?

– Pas de le faire, bien sûr... C'est même le seul bon moment, le seul instant de vrai partage. Mais tu m'expliques, à part ça, à quoi ça sert de se mettre en couple ? Ça sert à avoir des gosses ? Oui... Admettons. Mais enfin, on n'est pas aux pièces... Il n'y a pas urgence, surtout vu l'avenir qu'on leur prépare... Alors pourquoi, toi et moi, on s'encombre de contraintes ? Rentrer à heure à peu près fixe ; laisser ses chaussures dans l'entrée ; aller déjeuner chez les beaux-parents chaque week-end alors qu'il fait beau et qu'on pourrait être en train de glisser sur la vague ? Mettre nos vêtements dans le panier à linge sale plutôt que de les laisser en vrac au milieu de la pièce ; et j'en passe et de bien pires... On ne l'accepte que parce qu'on a des pulsions ; et que ces maudites pulsions, il faut les assouvir... Tu veux résumer l'après-midi d'un homme – et ça pourrait être moi, d'ailleurs, cet homme... Je ne suis pas mieux que les autres ... – ? Facile : il y a les moments où il le fait, où il « baise », comme tu dis, et les moments où il a envie de le faire. Rien d'autre ; point final, même s'il donne l'impression d'être occupé à autre chose. Parce qu'imagine : il marche avec elle sur la plage. Il pense à quoi ? Aux vagues ? Non... À elle. Et, évidemment, pas à son intelligence, à son humour, à sa gentillesse, à son rire attendrissant. Non... Juste à son corps, à ses jambes, à ses... Enfin, bon... Je ne te fais pas la liste exhaustive : tu connais... On n'est pas à un étal de boucher à choisir les meilleurs morceaux... Peut-être que, pour elle, c'est pareil, d'ailleurs... Je ne sais pas... J'imagine que ça dépend des femmes... Reste une petite moitié de la journée, quand on a fini par obtenir ce qu'on voulait et où le désir nous laisse suffisamment tranquilles, où l'on pourrait prendre un peu de recul, profiter simplement de sa présence... Échanger. Poser les premières pierres d'une complicité qui ne soit pas liée à une simple attirance. Mais, généralement, on est trop pris par les contraintes annexes comme manger, dormir, travailler... On lui fait un cadeau ? Ce n'est pas parce qu'on l'aime, il ne faut pas se mentir... C'est pour avoir son susucre, sa récompense... Son soulagement, quoi... Ou pour la remercier de nous l'avoir déjà accordé... On est des animaux, où quoi ?

– Ben... Dans l'absolu, oui...

– O.K. Donc, une poupée gonflable et Ninon, pour toi, c'est la même chose...

– Non, évidemment... Parce que ça, c'est en plastique... Enfin... un truc mou... Et puis, avec Ninon, on a des conversations...

– Sur quoi ?

– Sur ce qu'on a fait, dans la journée... Sur ce qu'on fera le lendemain.

– Tous les deux, ensemble ?

– Pas forcément... Enfin, pas souvent...

– Supposons... Tu rentres à la maison. Ninon n'est pas là. Tu penses quoi ?

– Qu'elle est en retard...

Silence... Phi, de plus en plus exalté, maintenant, qui se lance dans une narration obscure, sibylline. Histoire d'un prélude au sommeil. Étreinte douce avec une fille adorable ; lumière qui s'éteint, heures qui passent.

– … et puis, plus tard, tu la devines qui te frôle, s'approche, se hisse sur ton corps. Elle en a envie, sans doute, encore… Pas de mal à ça. Mais il y a quelque chose d'étrange… Celle qui te chevauche, tu ne la reconnais pas ; tu pressens une anomalie. Tes yeux s'accoutument à la pénombre. Et, peu à peu, Elle apparaît. La Laideur…

– Quoi, la laideur ? Tu viens de remarquer qu'elle avait quelques dents pourries ? De vilaines cicatrices ? Les seins format gants de toilette ?

– Non… Là, tu me parles d'imperfections ; tout le monde en a. Moi je te parle d'une laideur indescriptible parce qu'absolue, totale. Une laideur violente, agressive ; la laideur en tant que concept. Une laideur qui ne laisse aucune place à l'apitoiement ou à la compassion car délibérée, assumée. La femme sur toi EST la laideur ; sa définition… Son incarnation… Et tu devines, tu sais déjà que c'est avec elle que tu as couché, la veille.

Sig, osant une interprétation :

– Ben, oui … Un cauchemar, quoi… J'en ai eu d'autres, bien pires… Pas le même que toi, forcément ; tout dépend de tes propres traumatismes, des blessures morales dont tu n'as pas pris conscience. J'ai vu une émission là-dessus, un soir où Ninon était partie voir une copine… Carrément ennuyeuse, d'ailleurs… Enfin, je parle de l'émission ; pas de Ninon ou de son amie… Bref, à chaque coup, tu te retrouves au bas du lit, en sueur, réveillé parce que tu as crié, ou gémi, inconsciemment. Faut juste se lever, aller se promener ou lire un peu pour ne pas se rendormir tout de suite et revivre la même chose… Normal…

Phi a attendu que la voix de Sig s'éteigne pour reprendre :

– Oui… Se lever… Aller se promener avant de se rendormir… Si seulement je pouvais…

– Comment ça ?

– Parce que ce n'est pas la nuit, que je ressens ça. C'est le matin, à l'instant même où je me lève. Tous les matins…

– …

– Et difficile donc de me réveiller, puisque je le suis déjà…

Silence volontaire, pour laisser à Sig le temps d'analyser la situation ; d'en comprendre les implications, les conséquences. Puis :

– Enfin, j'exagère un peu… La femme n'est pas toujours aussi effroyable que ça… Et, vers midi, ça s'estompe, progressivement. Aucune idée pourquoi, d'ailleurs… Mais, dans tous les cas, je peux t'assurer que tu ne penses qu'à une chose, quand ça t'arrive : partir, loin, le plus vite possible pour essayer de te débarrasser de cette vision. Alors, pour ce qui est des caresses ou des élans affectueux, je ne te fais pas un dessin… Et puis, il y a aussi ce dégoût, cette répulsion ; pas seulement d'elle : de soi, aussi… Comme quand tu as trop bu, la veille ; que tu es mal, que tu regrettes.

Que tu te dis : « Plus jamais ! ». Que tu implores pour ne plus exister ; que tu te méprises. Mais pourtant, tu recommences, le soir même... Pour les cuites, j'ai vécu ça une paire de fois ; erreurs de gamin... Mais c'est du passé ; je sais éviter, maintenant... Pour le reste... Tu imagines le miroir, le matin ? Le miroir de la salle de bain ? Oublie. Tu l'oublies. Tu apprends à l'oublier, à détourner les yeux. Ni ton visage, ni le sien. Ce serait impossible... Parce que tu te dégoûtes d'accepter que votre couple se résume à ça ; à si peu... Parce qu'elle te dégoûte d'en être complice. Bon sang... Ce n'est pas possible d'envisager autre chose, quand on est deux ? Je ne sais pas... Une forme de communion ? Enfin, pas au sens religieux, bien sûr...

Quand Phi eut fini de parler, ce jour-là, Sig convint que c'était quand même un problème dont il y avait lieu de se préoccuper.

Phi a abandonné son verre presque plein ; les vapeurs d'alcool l'écœurent.

– Tu as des nouvelles d'Enéa ?

– Ninon doit en avoir... Elle est partie la voir...

– J'espère ne pas lui avoir fait mal... Enfin, pas trop... Elle ne le mérite pas...

– Sûr...Et toi, tu le vis comment ?

Phi, moue ironique :

– D'après toi ? Bien sûr que j'aimerais qu'elle soit là… Bien sûr qu'elle me manque… Bien sûr que je pense tout le temps à son visage. Et au reste… Mais, de toute façon, ça ne pouvait plus durer… Je ne pouvais pas continuer à lui faire subir ça…

Sig hume l'air, la brise…

– Vent de terre, aujourd'hui ; on sent à peine la mer…

Phi l'imite, flaire longuement.

– Plutôt un parfum de mousse. Non… D'herbe humide après une période de sécheresse.

Sig finit son verre.

– Bon, faut que j'y aille… Ninon doit être rentrée.

Phi, inhabituellement ironique :

– Oui… Elle pourrait penser que tu es en retard…

Sig, sourire forcé :

– Je vais aller payer.

– Laisse. C'est moi…

Départ

Phi s'est endormi, presque au matin, le sommeil l'ayant longuement évité… Il aurait bien consacré son insomnie à lire des magasines de Surf, dans le jardin, mais l'image d'Enéa était trop prégnante. Il avait désappris la solitude, s'attendait à tout instant à la voir s'asseoir, face à lui. De plus, le vent de nord-est était frais, froid ; l'aurait obligé à se couvrir de multiples couvertures pour atténuer son souffle. Charriait toujours cette étrange odeur d'herbe humide.

Il rentra, alluma la télé, ce qu'il n'avait pratiquement pas fait depuis juin si ce n'est pour regarder le bulletin de la météo locale, conjecturer la qualité des vagues, le lendemain.

Ses pensées s'égaraient trop pour qu'il puisse se concentrer sur un quelconque programme, mais les voix et les silhouettes qui bougeaient sur l'écran lui donnaient l'illusion d'une présence ; se faisaient compagnes.

Réveil tardif, mais sans obsessions ou répulsions incontrôlables ; celles-ci n'advenaient jamais quand le matin le trouvait seul.

Mécaniquement, il consulte son smartphone. Pas de message de Sig – ni d'Enéa, bien sûr. Juste un client habituel qui lui demande de passer au plus vite, un de ses arbres menaçant de s'abattre sur le garage de son voisin.

Il finit son café, saisit sa tronçonneuse, ses harnais de sécurité, attelle sa vieille remorque. Un peu d'occupation lui évitera de trop s'enliser dans la morosité.

La fin d'après-midi l'aperçoit à la pharmacie du village, en quête d'antalgiques. Migraine tenace, peut-être due au manque de sommeil. En sortant, il se retrouve face à Ninon, qui s'apprêtait à entrer.

Sans doute l'un et l'autre se seraient-ils évités, s'ils s'étaient aperçus plus tôt. Mais l'opportunité est passée ; il est trop tard, maintenant.

Ninon le fixe, regard froid. Parle sans élever le ton.

— Bravo, Phi ; bon travail ! Tu as fait fort, cette fois !

— Arrête, Ninon ; si tu crois que ça ne me rend pas malade…

Agacée, Ninon hausse la voix brusquement, sans se soucier des passants qui, probablement, se retournent sur eux. Débit précipité ; n'endigue plus sa colère.

— Moins qu'Enéa, en tout cas. Je ne sais pas ce qui l'a le plus détruite… De ne plus être avec toi ou d'avoir passé quatre mois de sa vie auprès d'un cinglé… Elle est en miettes, là… Mais quand est-ce que tu vas te faire soigner, Phi ? Quand ? Tu as un vrai problème ! Tu ne te contrôles pas ; tu ne contrôles pas ta vie ; tu ne contrôles rien… Tu es carrément un danger, pour toi et pour les autres…

Phi ne répond rien. Sait que Ninon a raison, sur tout. Peut-être un jour une hallucination plus forte lui fera-t-elle jeter son Combi contre un arbre ; ou pire : contre un autre véhicule.

Il baisse les yeux, comme un gamin pris en faute.

— Embrasse Enéa. Ne lui dis pas que c'est de ma part.

Il contourne Ninon, dont la colère est passée. Les phrases qui devaient être prononcées l'ont été. C'est fini.

— Phi !

Il s'arrête…

— Oui ?

— Soigne-toi. Et reviens. Après…

———————

Univers des possibles : rencontrer une autre femme qui acceptera qu'ils se séparent chaque soir, toute leur vie, sans aucun espoir de se réveiller un jour ensemble, au matin. Ou renoncer à toute rencontre, s'accoutumer à la solitude.

Parfois, Phi va marcher vers le Skatepark ; la nuit, de préférence. Pas pour revoir Enéa. La chose serait possible, bien sûr, mais il ne la souhaite pas. S'il l'apercevait, il se retournerait et courrait dans l'autre sens, jusqu'à suffoquer. Il cherche surtout, en ravivant des souvenirs, à se remémorer le contexte pour comprendre, trouver une explication. Enfin.

Au troisième étage, sa lumière est allumée. Il pourrait lui suggérer un bon sujet d'article : « Névroses en pays landais ».

Depuis quelques jours, le vent a tourné, vient du nord. Il ne perçoit plus l'odeur d'herbe. La température a baissé, les propositions de travaux de jardinage aussi. Sur la plage, il ne croise plus que quelques surfeurs passionnés : il faut supporter le froid, et la nuit tombe vite.

Il passe l'essentiel de ses journées sur internet, en quête de cas similaires au sien ; s'est inscrit sur tous les forums possibles de psychologie, de psychiatrie, de psychanalyse sans obtenir de réponse qui le satisfasse.

Octobre puis novembre se sont enfuis. Un S.M.S. d'Enéa, un matin. Quelques mots.

On peut parler ?

Phi a proposé qu'ils se retrouvent au restaurant « La petite table » ou chez elle. Ou même chez lui, si elle le voulait.

Enéa a répondu.

Non. Le téléphone ou Skype. Je préfère.

Phi choisit Skype.

Il accepte l'invitation d'Enéa, branche sa caméra, son micro.

Image d'Enéa qui apparaît.

– Bonjour, Pe…

A failli dire « Perle », l'a presque prononcé. Lui avait choisi ce surnom aux derniers jours de leur vie commune. Corrige :

– Bonjour, Enéa.

– Salut, Phi.

Qualité médiocre, hachée de la vidéo. Elle semble avoir un peu minci, peut-être. Toujours les mêmes boucles brunes. Yeux gris-bleu, forcément ; moins pétillants qu'à l'habitude ou illusion ? Phi :

– Ça va, toi ?

– À peu près.

– Tu voulais me parler de quoi ?

Silence. Enéa :

– Tu as résolu ton problème ? J'en ai parlé avec Ninon. Et Sig. Plusieurs fois. Longtemps. Il doit bien y avoir une solution…

– Non. Je cherche ; j'essaie. Vraiment…

Silence d'Enéa. Elle reprend.

– Tu ne gères pas… Toujours pas ?

– Je voudrais. Mais non.

Silence, de nouveau. Enéa :

– J'ai rencontré quelqu'un, au journal.

– Super ! Il est bien ?

– Posé. Apaisant, en tout cas. Calme.

Silence, qui se prolonge… Phi :

– Mais ?

– Mais ce n'est pas toi.

Sur la vidéo, le visage d'Enéa s'abaisse, scintillements qui dévalent les joues. Lui ne sait que répondre. Baisse la tête aussi ; délicatesse de lui laisser penser qu'il n'a pas constaté sa brisure ou bien honte d'en être la cause. Regarde le clavier.

– Je n'ai pas le droit, Enéa. Pas le droit de te promettre ce dont je ne suis pas capable. Mon cerveau, le matin, c'est… Je ne sais pas… Je ne sais pas les mots…

Silence. Voix de Phi, de nouveau :

– Tu mérites le meilleur, Enéa. C'est ce que je veux. Pour toi.

Enéa se force à sourire.

– Le meilleur, oui… Il faudra que je regarde la définition de « meilleur » dans le dictionnaire. À mon avis, c'est très subjectif et en plus, là, c'est à double sens, surtout avec « le » devant.

Phi laisse s'enfuir quelques secondes. Dix ; quinze peut-être.

– Pourquoi tu n'as pas voulu qu'on se voie, pour parler de ça ?

Silence.

– Je suis déjà tombée une fois. Ça fait trop mal.

Silence.

– Bonne chance avec le nouveau, Enéa.

– Je te souhaite de trouver tes réponses, Phi.

Voix qui s'éteint au fil de cette phrase, comme progressivement privée d'air.

Enéa s'est déconnectée.

———————

Phi a depuis longtemps délaissé les forums ; sensation de vide. Même l'océan ne le tente plus, l'indiffère.

Voit Sig, de temps en temps. Ils parlent d'Enéa, énonçant plutôt des interrogations que des certitudes. Ninon n'en sait pas beaucoup plus que lui, si ce n'est que le type du journal et Enéa n'habitent pas ensemble. Pas encore, en tout cas.

Un jour, Sig est arrivé sombre, soucieux. Ninon et lui avaient eu une discussion, la veille. Ninon songe à avoir un enfant. Pas forcément immédiatement, mais dans les deux ou trois ans, en tout cas ; ne pas faire la même bêtise que sa cousine qui n'a pas regardé tourner les aiguilles de l'horloge biologique. Surtout s'ils en veulent plusieurs. Sig ne se sent pas prêt ; responsabilités, privation de libertés. Contraintes…

Cela laissa Phi songeur. Lui non plus n'avait encore jamais réfléchi à la paternité, tout du moins comme une chose nécessaire, indispensable à l'accomplissement d'une vie. Mais s'aperçoit aussi que, s'il change d'avis, avoir un enfant sera problématique s'il ne parvient pas à contrôler ses névroses.

Enfin... Ce n'est pas pour l'instant sa préoccupation principale.

———————————

N'en peut plus de tourner en rond, de ne pas entrevoir d'issue, ni même de piste. L'action lui est indispensable. S'asseoir devant un livre ou un film lui donne une sensation d'inutilité ; de perte de temps.

Ramasse quelques branches mortes, dans son jardin. Des feuilles pour la plupart portées par le vent depuis les jardins environnants. Ce vent de nord-est, encore ; cette odeur d'herbe humide inexplicable en cette saison de vie assoupie, où les exhalaisons se font rares.

Abdique, finalement, en début d'après-midi. Doit agir, bouger. Dans son Combi, jette un petit matelas de mousse, un duvet, quelques vêtements chauds au cas où il partirait plusieurs jours. Un peu de matériel de camping : casserole bosselée, couverts, assiette et tasse en plastique, petit réchaud à gaz, lampe de poche ; autant d'ustensiles qu'il n'a pas utilisés depuis la fin de son adolescence, lorsqu'il partait seul sur les routes. En marchant, souvent ; en stop, parfois, pour découvrir la vie. Smartphone et chargeur qu'il peut brancher sur l'allume-cigare. Un nécessaire de toilette minimaliste avec une serviette. Un bidon de 20 litres qu'il remplit d'eau au robinet du jardin. Son portefeuille, cette fois.

Son Nikon D800, qui ne remplace pas ses anciens appareils argentiques, mais les pellicules, papiers et liquides de développement étaient devenus trop compliqués à trouver.

Ferme par exception la porte d'entrée, la grille du jardin. Démarre.

Avenue des Cigognes, Boulevard du Front de mer. Rejoint Seignosse. Croisement... Partir, oui, mais pour aller où ? Repartir en arrière vers l'Espagne ? Choisir le nord, direction Arcachon ? Au sud-est, vers Pau ? Le vent lui jette au nez ses effluves. Nord-est, direction Mont-de-Marsan, à peu près. Après tout, pourquoi pas. Ça ou autre chose...

PARTIE 2 :
TENTATIVES

Souvenirs

Heph se nourrit peu. Mal. Rarement. Ses repas se font erratiques, remplacés par le café, le goudron des cigarettes ; les somnifères en vente libre supposés estomper ses excès, ou ses manques, mais qui le laissent en sueur au cœur de la nuit, les pensées amères.

Abus de café qui lui consume l'estomac, mais l'énergie lui fait défaut pour descendre à la supérette y chercher de la nourriture ; préfère allumer une cigarette, regarder la fumée gagner le plafond pour y déposer un vernis jaune, presque brun par endroits. Il lui reste une heure avant le travail pour languir dans le noir, supputer son avenir : sentier rectiligne, désert, bordé de néant.

Rancœur fugace envers le hasard qui l'a conduit chez « Fenêtres & Clair », baies vitrées, portes et volets en tout genre. Mais remords, déjà ; déni de cet accès de rage. Au final, injonction de gratitude...

Deux mois à peine.

Tellement.

———————————

Bureau de la D.R.H., d'abord, à qui il tend d'une main incertaine son principal diplôme – un B.T.S. Aménagement-Finition obtenu en juin –, sa lettre de motivation. Elle, en tailleur, lunettes et inindulgence. Qui omet de lui proposer de s'asseoir ; par inattention, ou peut-être délibérément, pour l'astreindre à la déférence.

Il reste donc raide et emprunté à côté de la chaise inutile, performance d'artiste contemporain dénonçant le consumérisme.

Les lunettes parcourent distraitement les documents.

– Gestion des stocks et contrôle de la qualité des produits reçus. C'est tout ce que j'ai à vous proposer.

Lui n'a pas souvenir d'avoir jamais reçu la moindre formation pour ce type de travail. Elle :

– Oui ?

– Oui.

– Signez là. Vous commencez cet après midi, 13 h. Demandez à voir M. Mandon : il vous montrera en quoi consiste le boulot.

Il paraphe le document, attend d'autres instructions. Il n'en vient pas.

Plus qu'à rejoindre la porte ; sortir…

————————

Puis l'*Open space*, où il se rend pour mettre à jour l'état des stocks.

Première impression, déplaisante.

Grande salle strictement fonctionnelle, aménagée sans invention ni recherche, ne seraient quelques plantes vertes dépérissantes. Larges affiches à la gloire des produits de la marque, vecteurs simplistes de fierté et de motivation pour le personnel. Fenêtres haut placées, sans doute pour éviter aux regards de s'égarer stérilement vers ailleurs. Lignes de béton brut, au sol, seuls vestiges d'anciens cloisonnements probablement démontés pour inciter à une surveillance mutuelle, faire de chacun le garant de la concentration des autres. Des objectifs devaient être atteints dans des délais fixés ; toute dérive, toute dissipation étaient par conséquent nuisibles, contreproductives, et se devaient à ce titre d'être éradiquées.

Alignements de « ressources humaines », donc, ployées sur leur clavier et abreuvant d'informations le serveur local.

Que ce dernier vacille, trébuche, et ne resteraient ici que des pantins désemparés ; fourmis errantes et indécises car dissociées de leur communauté, de son intelligence collective qui assigne à chacune sa tâche, son devoir. « Ressources » continuant sans doute quelque temps à agiter leurs doigts sur les touches, par habitude, avant de consentir à l'inutilité.

Et, malgré cela, après quelques jours, motifs d'espoir. Découverte émouvante de traces d'humanité dans cet univers à priori hostile et infécond. Perception du bourdonnement de ruche ; « Bonjour » échangés, conversations plus intimes sans lever les yeux de l'écran Relations polies, bientôt cordiales avec une bonne partie des employés de la salle.

Fragile germination du plaisir.

———————————

Les pauses. Jeunes papas se réunissant pour parler de petits pots, d'érythème fessier ; de football aussi, car la paternité ne doit pas faire oublier l'essentiel.

Ailleurs, destination de vacances, aménagement intérieur, politique, séries télé ; poussières de vie.

Séduction aussi ; désir ostensible, pratiquement humable, entre les plus jeunes, les « C.D.D. » ou ceux tout juste titularisés. Et, un peu à l'écart, discussion timide, presque gênée, entre Lucien et Rosine, deux plus âgés que la vie avait laissés esseulés et qui voyaient avec un émerveillement inquiet s'entrebâiller une porte pour s'extraire de leur isolement.

Au final, la période d'adaptation révolue, constat – presqu'à regret car contredisant toutes ses impressions premières – d'une ambiance conviviale, quasiment familiale, dans les borborygmes de la machine à café ou dans le vent, la pluie ou le soleil pour les fumeurs impénitents…

————————

Et puis, bien sûr, l'évènement déclencheur, la cause originelle : Mme Carek, conviant un soir tout le personnel à la rejoindre pour un dernier verre. Rattrapée par la retraite mais reconnaissant qu'elle n'avait pas couru bien vite pour lui échapper ; il convenait de garder des forces pour en profiter…

Mme Carek… LA pierre angulaire de l'entreprise, son mur porteur ; là depuis l'origine, peut-être même avant. Une légende urbaine encore vivace mentionnait sa présence sur les lieux avant la pose de la première brique. Voulait qu'elle eût planté une tente dans la terre boueuse à l'amorce de la construction des murs pour contempler dévotement leur exhaussement ; qu'elle restât là jusqu'à l'installation du dernier interrupteur, du dévidoir de papier toilette et profitât de la nuit suivante pour placer, non loin de l'entrée, sa chaise ; sa grande table blanche, qu'elle fixa au sol de quatre énormes écrous.

Mme Carek... La « Relation Clientèle ». Celle qui tapait les devis, prenait les commandes, programmait les rendez-vous de chantier. Le seul reproche qu'on put lui faire était de se montrer trop polie, courtoise, accommodante lorsqu'un client irascible venait dénoncer une égratignure sur la peinture, une quelconque malfaçon. C'est pourquoi on confia cette tâche à M. Lésin, homme généralement affable mais à la voix dissuasive de pitbull atrabilaire.

Qu'adviendrait-il de « Fenêtres & Clair » sans elle, la tant nécessaire ? Elle les rassura vite. Serait remplacée dès le lendemain par quelqu'un qui ferait merveille dans cette besogne.

Les boulons étant depuis longtemps scellés par la rouille, Mme Carek renonça à ramener chez elle sa table blanche et partit, tenant de la main droite une coupe de champagne et, sous son bras gauche, sa chaise, en témoignage d'une vie de dévouement.

————————————

Dans une prémonition soudaine, le chaos tourna la tête vers le minuscule bâtiment ; n'attendait que cette scène, qui aurait à priori pu sembler superflue dans le schéma narratif, pour s'abattre sur « Fenêtres & Clair ». Malgré l'heure tardive, se mit sans plus attendre en chemin.

Épidémie

Un premier chuta : Alexandre. N'avait pas de patronyme, tout du moins qui fût connu, qui eût un jour été mentionné : chacun tutoyait et n'appelait que par son prénom ce jeune homme sympathique, souriant, poli. Aurait pu être une publicité vivante pour ce qui devrait normalement résulter d'une éducation stricte mais bienveillante, dans un environnement familial aimant et où le concept de « fins de mois difficiles » n'était qu'une improbable abstraction. Toute addiction lui était à l'évidence étrangère : il suffisait pour s'en convaincre d'observer son teint frais et lumineux, ses yeux pétillants, sa bonne humeur constante. Avait même sans doute traversé l'adolescence sans velléité de rébellion, sans prendre fait et cause pour une injustice survenue ailleurs, dans le monde, loin ; mais compenserait bien sûr cette lacune en subventionnant avec application nombre d'associations humanitaires dès que ses moyens lui permettraient. Dinait en famille, le dimanche ; ainsi que tous les autres jours de la semaine, d'ailleurs.

Vers 8 h 20, on le vit s'agiter sur sa chaise, comme rongé par un prurit soudain. Seul son lourd bureau savait l'effort, la pression du genou à l'intérieur de son flanc droit. Le visage du jeune s'empourpra légèrement de cette lutte discrète.

Mais la chaise et le jeune réunis pesaient moins que le bureau. Les lois implacables de la physique firent reculer brusquement le siège.

Regard gêné vers la gauche, la droite. Les autres yeux convergeaient toujours vers les écrans sans lui prêter attention.

Le gamin replaça sa chaise, s'efforça de simuler l'activité.

À 8 h 34, il se redressa comme pour s'étirer, s'assit sur un coin du meuble de métal et, d'une poussée silencieuse – bien que violente – du pied droit, parvint à le faire pivoter sensiblement. Cela provoqua un grincement pénible, agression de l'acier sur la céramique, qui fit se relever quelques têtes.

Alexandre souleva discrètement la chaise pour la remettre dans l'axe du bureau et s'installa, apaisé. Son regard portait maintenant naturellement dans la bonne direction.

———————

9 h 20. Jérôme Marson. Marié ; deux enfants. Homme austère ne dispensant ses sourires qu'avec parcimonie, incarnation même de la concentration ; regard de ceux qui savent que la vie n'est qu'une succession d'obstacles à franchir, que les routes sans nids-de-poule y sont peu fréquentes et qu'il convient de rester vigilant pour ne pas tomber, perdre le contrôle. Ne s'autorise que de rares cigarettes, jamais dans un but récréatif mais uniquement lorsqu'il considère que celles-ci lui sont nécessaires pour maintenir son esprit en éveil, garder toute son acuité intellectuelle.

Baille sans discrétion, dit à haute voix à son voisin de droite qu'il a besoin d'un café ; que la nuit a été courte.

L'absorption de boissons dans l'*open space*, bien que théoriquement interdite pour éviter que les tasses se renversent sur les claviers, est dans la pratique tolérée, car stimulant la concentration et l'efficacité du personnel.

Jérôme Marson. Chargé, avec d'autres, de créer à l'aide d'un logiciel de C.A.O. de nouvelles formes pour les portes d'entrées, tout du moins leurs surfaces vitrées pour répondre aux goûts d'une clientèle plus jeune.

Il rejoint le sas où trône la machine, glisse une pièce. Liquide sombre qui s'écoule, lentement. Si lentement que le temps de la pause, parfois, ne suffit pas pour que tout le monde soit servi.

Saisit le gobelet, repart vers la salle, s'arrête devant la table blanche. Semble peiner à tenir la tasse de carton.

– Trop chaud !

Il se met à souffler doucement sur le café pour en dissiper la brûlure. Se tourne vers la table blanche où un bristol plié en deux s'orne d'un nom imprimé.

– Bonjour, Mademoiselle. Bienvenue chez « Fenêtres & Clair » ! Moi, c'est Jérôme.

Tête qui se redresse, sourire, voix enjouée mais pas au point de suggérer autre chose que de la politesse.

– Oh ! Merci pour l'accueil ; c'est gentil ! On se verra plus tard, Jérôme : j'ai un client à contacter.

Regard fixé sur l'ordinateur, de nouveau. Déjà.

À pas lents, Jérôme Marson regagne sa place, continuant à souffler sur le breuvage comme pour justifier sa présence, errant, entre les tables. Il en avale une gorgée ; l'amertume du liquide lui crispe involontairement le visage. Il dépose le gobelet sur sa table.

Ne boit jamais de café, n'a jamais pu en finir une tasse de sa vie.

Ira le vider discrètement dans les toilettes à la pause de 10 h.

Deuxième.

---

9 h 45. Luc Lemaine, 35 ans. Vit pacsé avec une jolie blonde qu'Heph a aperçue lors du pot de départ de Mme Carek. Se rend chez le coiffeur, chaque semaine, pour que ses cheveux blonds et souples ne s'aventurent pas au-delà d'une longueur parfaite ; ni trop courts – suggérant un manque de fantaisie –, ni trop longs pour ne pas évoquer la négligence. N'envisage pas de revêtir autre chose qu'un costume, mais s'exempte de cravate pour imposer une image dynamique, réactive. Dents presque anormalement blanches, mais lèvres trop fines qui laissent entrevoir, ou tout du moins conjecturer un instinct de prédateur.

Un papier à la main, se dirige d'un pas résolu vers la table blanche ; semble soucieux, perdu dans ses pensées.

– Bonjour, Mademoiselle. Je me présente : Luc Lemaine. Dans le dossier de la rue des Alouettes, j'ai un doute... Vous pouvez me dire si le client a commandé des huisseries blanches ou en aluminium brossé ? Il me semblait que c'était en blanc.

– Bonjour, M. Lemaine. Quelle rue, vous dites ?

– Oh, Luc tout court, je vous en prie ! Rue des Alouettes – regard furtif et rapide sur le dossier. Un certain M. Pirard, de mémoire...

Les doigts sautillent sur le clavier, postures de danseuses. Ongles sans vernis, taillés court ; simples.

– Et bien, Luc, vous aviez raison. Le client a choisi du blanc.

– Ah ! Tant mieux ! Ça aurait été trop bête de tout devoir refaire après la pose. À bientôt !

– Oui, avec plaisir !

Luc Lemaine rejoint son bureau. Repose en hâte la feuille sur le bureau de sa voisine de gauche qui revient des toilettes.

N'a jamais été en charge de ce dossier.

Troisième.

———————

Pause. Heph allume une cigarette dans la rue. La jeune en fait autant, plus loin, et bavarde avec Jérôme Marson, l'homme tenant du bout des doigts une cigarette qui s'agite au gré de ses gestes amples, ne rejoignant que rarement sa bouche.

Il faudra qu'il aille chez ses parents, ce week-end ; deux mois qu'il ne les a pas vus. Il y a aussi le problème de sa cafetière électrique à régler ; des semaines qu'elle n'expulse plus péniblement qu'un petit jet hésitant ; il faut presque la mettre en marche le soir pour espérer avoir une tasse complète au matin. À détartrer. À racheter, plutôt.

Répond au S.M.S. d'un ami. Oui, il viendra à la soirée ; n'a pas oublié l'anniversaire de Siaka...

Sonnerie un peu infantilisante, comme pour indiquer à des élèves la fin de la récréation.

Travail. Heures qui s'enfuient.

———————————

Pause de l'après-midi ; rue.

Quelques vapoteurs théoriquement sevrés de la nicotine, qui viennent exhaler des vapeurs « Fruits des bois », « Fraise » ou « Chocolat » mais qui recherchent en fait la compagnie des « vrais » fumeurs pour grappiller dans leurs volutes tous les poisons qui leur manquent. Qui leur manqueront toujours.

Heph discute avec eux ; peu importe le sujet, l'essentiel étant de maintenir le lien social.

Quelques filles et femmes, dans le groupe. Lucie Hermont, du service comptabilité ; jeune, mignonne. Rit sans pudeur ni retenue de la moindre plaisanterie, lueur malicieuse dans les yeux. Parfois, Heph se hasarde à lui glisser un sourire, à oser des questions plus personnelles. Elle ne s'en offusque pas, semble trouver ça naturel.

Mme Deluse, 51 ans. Secrétaire de direction. 23 tentatives pour cesser de s'intoxiquer ; autant de luttes perdues, d'abdications honteuses. Mais ne baisse pas les bras : elle a rendez-vous chez un acupuncteur, lundi.

Un peu plus loin, à l'écart, la nouvelle. Plutôt petite ; cheveux courts et bruns. Jean, pull large.

Auprès d'elle, Jérôme Marson, de nouveau, mais aussi Fabrice Laune, l'homme providentiel.

Laune. Surnom : le « couteau suisse » ; capable de retrouver des données perdues dans les entrailles d'un disque dur en état de mort cérébrale, de reconstruire un ordinateur quasi neuf avec les dépouilles encore fumantes de cinq autres et même de changer une ampoule.

Fabrice Laune.

Notoirement intolérant à toute odeur de tabac, se repliant même d'habitude préventivement dès l'apparition d'une quelconque fumée.

Quatrième.

23 octobre

Première journée. Le boulot n'est pas passionnant, mais les employés sympas ; surtout les hommes. Il y en a quelques-uns qui ont tenté des approches, mais bof... Mariés, ou alors pas terribles. Ou trop jeunes. Enfin ; il y en a d'autres.

Freddy a débarqué, ce soir. On s'est déjà pris la tête. J'espère que ça ne va pas durer trop longtemps.

À bientôt, cher journal...

Gravitation

L'un, puis l'autre, ils tombèrent ; tous, ou peu s'en fallut. Les jours passant virent se diluer l'attroupement autour de la machine à café, tandis qu'une file grandissante d'hommes rejoignait la rue, frissonnant parfois dans les premières gerçures de novembre.

Les femmes s'en étonnèrent, certaines cherchant vainement près de la machine leur compagnon de dialogue habituel ; l'apercevaient alors de l'autre côté de la vitre, le verbe enthousiaste et le geste large, revendiquant sa primauté en progressant par de complexes serpentements vers le cœur de la mêlée.

Quelques-unes, par désœuvrement ou curiosité, tentèrent naïvement d'infiltrer le groupe ; se trouvèrent vite exilées en périphérie, satellites dérisoires ; leur présence n'était pas souhaitée, ni même constatée. Inutile.

Elles se lassèrent, repartirent fières et hautaines pour masquer leur humiliation.

Lucien resta à l'intérieur ; il avait dépassé l'âge des illusions ; était trop conscient que Rosine constituait l'ultime espoir plausible pour ne pas se flétrir dans la solitude. Par ailleurs, affligé d'une santé capricieuse, la sagesse lui enjoignait de ne pas s'éloigner déraisonnablement du radiateur.

Cédric Trusse, qui s'occupait du secteur « Volets » fit de même, confirmant ainsi muettement les rumeurs qui circulaient depuis longtemps sur sa sexualité.

_____

À l'extérieur, seul Heph tenait compagnie aux fumeuses ; d'une part parce qu'il appréciait chaque jour davantage la présence près de lui de Lucie Hermont, d'autre part du fait d'une forte agoraphobie qui lui faisait fuir spontanément toute foule ou lieu surpeuplé.

Il contemplait à distance et avec perplexité l'étrange ballet de ces minuscules planètes qui tournaient autour d'un astre unique, venant infirmer, s'il le fallait encore, la théorie géocentrique, ptoléméenne, d'un soleil en rotation autour de la terre. Cela lui évoquait aussi – avec quelque dégoût – ces nœuds de vipères ou de couleuvres, lorsqu'une vingtaine de mâles viennent s'enrouler autour d'une femelle unique pour former une boule grouillante, dans l'espoir d'être celui qui, par hasard et dans la confusion, la féconderait.

Étrangement et autant qu'il puisse en juger, la nouvelle ne semblait pas avoir fait le moindre effort pour engendrer cette situation. N'ayant jamais eu l'occasion de la côtoyer, ses tenues lui semblaient, à distance, sinon négligées, du moins très simples : pulls et pantalons, trop amples pour ébruiter ses formes. Il lui aurait fallu une quinzaine de centimètres de plus pour postuler à un emploi de mannequin, sans doute aussi quelques kilos de moins. Malgré son jeune âge, ses cheveux plutôt courts se paraient çà et là de quelques fils blancs indésirés qu'elle ne cherchait aucunement à camoufler par une teinture. Son maquillage, si tant est qu'elle en mît, devait se résumer à un rien de mascara pour surligner ses yeux verts.

Jamais il ne lui avait vu une attitude provocante ou aguicheuse, ni prise en flagrant délit de sourire trop appuyé, d'œillade troublante ou attendrissante. Elle n'avait jamais paru porter plus d'attention à l'un qu'à l'autre... Même son comportement au sein de la meute semblait irréprochable : ni hostile, ni exubérante ; simplement naturelle. Ne restait plus qu'à définir qui serait le mâle *Alpha*, celui qui aurait droit à davantage de privilèges et de faveurs mais, pour l'heure, aucun ne semblait marquer de points décisifs.

En attendant de trouver une explication à cette anomalie, Heph poursuivit quelque temps avec Lucie ses conversations anodines.

———————————

Bien sûr, cette situation ne manqua pas de provoquer quelques tensions au sein de « Fenêtres & Clair ». Les hommes qui s'imaginaient les plus proches du but se lançaient des regards fielleux ; les femmes qui avaient conçu quelque espoir auprès d'un autre employé jetaient avec dédain les dossiers sur le bureau de leur ex-prétendant plutôt que de les lui tendre avec un soupir suggestif. Toutes déviaient leur route en passant devant la grande table blanche comme si elles voulaient éviter de souiller leurs chaussures, ou d'inhaler des émanations néfastes en s'en approchant.

La société G.Callot, qui gérait la machine à café, diligenta une enquête pour tenter de découvrir pourquoi les recettes avaient diminué de moitié au cours du dernier mois ; soupçonna longtemps Fabrice Laune, particulièrement habile de ses mains, d'avoir trafiqué le monnayeur. Ils firent des visites fréquentes et constatèrent finalement que le niveau du café ne baissait pratiquement plus dans l'armoire métallique. Renégocièrent alors leur contrat avec « Fenêtres & Clair » pour leur fournir une machine moins puissante, avec deux fois moins de capacité. Cela suffirait bien.

———————————

Page Web, ouverte au hasard d'un soir d'ennui. Pour quelle raison ? Chercher une explication, peut-être… Article scientifique, apparemment approfondi, fermement étayé.

Un chien peut détecter une partenaire potentielle à plus de 5 km ; cela dépasse 40 km pour certains papillons de nuit.

Chez l'Homme, les phéromones féminines n'ont par contre que peu ou pas d'incidence sur l'attirance, l'organe voméronasal permettant de les détecter étant devenu à peu près inopérant au fil des caprices de l'évolution.

Heph relut les dernières lignes ; éteignit son ordinateur, sceptique.

La nouvelle semblait être le parfait contre-exemple pour jeter le doute sur la conclusion de cette étude. Glandes exocrines anormalement hypertrophiées, peut-être ?

En tout cas une erreur biologique, probablement inapte à contrôler sa propre puissance.

———————————

Fume sur son lit, lumière éteinte.

Il avait pris de l'avance, ce matin, les livraisons étant erratiques du fait d'un mouvement social chez les transporteurs. En profita pour allumer une cigarette coupable dans la rue, avant même l'heure de la pause.

Bruits de pas, qui se rapprochent ; Heph redoute un instant l'apparition de son chef de service. Mais c'est la « nouvelle », elle aussi désœuvrée. Elle ne sort pas de paquet, de briquet ; est apparemment venue dans un autre but. Se place face à lui.

Début de partie.

– Bonjour ! Heph, je crois ?

– Oui, c'est ça...

– Moi, c'est Mila ; comme Jovovich, mais avec un seul « L ». J'ai repris le poste de Mme Carek...

Heph sourit...

– Oui, je sais, évidemment. Le moins qu'on puisse dire, c'est que tu n'es pas passée inaperçue !

Premier coup d'Heph. Pion blanc g2 en g4.

Petit rire de Mila. Yeux verts avec des étincelles émerveillées, comme un gamin contemplant un arbre de Noël.

– Si je savais pourquoi…

Réplique. Pion noir e7 en e5.

Silence. Elle reprend.

– Dis, j'ai vu sur ta fiche que tu habitais Allée Louis Blériot…

– Oui.

– C'est à deux pas de chez moi… Je dois amener ma Peugeot au garage pour un problème de parallélisme. Tu pourrais m'amener au travail, demain ? Parce que les bus, ici…

– Oui, bien sûr ! Donne-moi ton adresse…

Heph, pion blanc f2 en f3.

– Je t'envoie ça par S.M.S. Tu me donnes ton 06 ?

Heph n'hésite pas, s'exécute ; Mila le note dans la mémoire de son portable de ses doigts agiles…

– Super ! Merci !

Elle pose brièvement ses lèvres sur sa joue.

Dame noire en h4. Échec et mat.

Fondu au noir.

17 novembre

Rien de neuf, ou presque. Toujours tous ces types qui me tournent autour, à la boîte. Si au moins ils étaient beaux, ou drôles ; ou au moins intelligents. On peut demander un minimum, dans cette vie ? Non ? C'est déjà trop ? Il n'y a pas de prix de réserve, comme aux enchères ?

Et puis, ça me force à faire attention à tout ce que je dis, tout ce que je fais, pour ne pas suggérer, laisser croire… Ça risque d'être long, si je dois continuer comme ça jusqu'à la retraite… Mais peut-être qu'on s'habitue, avec l'âge, qu'on acquiert les bons réflexes… Seul espoir, dans quelques années, je serai vieille et moche (enfin, le plus tard possible, quand même ! Il n'y a pas urgence ! Je suis encore capable de tenir le coup, d'être vigilante !) ; âge canonique, comme ils disent, où l'on considère que la bonne du curé est suffisamment flétrie pour ne pas raviver le désir chez l'homme d'église ; lui faire perdre de vue son apostolat (Enfin, bon, soyons honnêtes… Surtout pour qu'aucune conséquence visible ne vienne révéler la faute commise !). Là, le problème se réglera de lui-même.

Mais, bon ; je répète à tout hasard, au cas où le destin serait un peu sourd : IL N'Y A PAS URGENCE ! Excuse-moi de crier, Monsieur le Destin, mais j'ai le droit de profiter un peu, quand même !

Tiens, en parlant de ça, j'ai couché avec Vincent, hier. Mais savoir Freddy de l'autre côté du mur me bloque un peu. Et en plus, Vincent puait la sueur : une nausée… J'ai même été obligée d'ouvrir toutes les fenêtres et de changer les draps quand il est parti. Ça valait 2/10, et encore. Pas sûre d'avoir envie de le revoir.

Pour couronner le tout, ma voiture a des soucis ; quand je freine, elle part carrément à droite. J'ai appelé le garagiste qui m'a dit de l'amener, mais il n'a pas de véhicule de courtoisie à me prêter.

J'ai demandé à un C.D.D. de me covoiturer. Heph, si je ne me trompe pas. Il faudra que je revérifie, d'ici demain : ça la fiche toujours mal de se tromper de prénom… Je ne le connais pas, mais c'est à peu près le seul à ne pas me calculer, à la boîte ; je me suis dit que, comme ça, il ne partirait pas en vrille en se racontant des histoires. Eh, oui, cher journal… Tu vois : je deviens raisonnable avec l'âge. Tu n'y croyais plus, avoue-le !

Et, en plus, il n'habite pas loin. Toutes les qualités !

À bientôt, cher journal…

Action

Sommeil court ; intermittent.

5 h 30, à peine ; pénombre. Heph, assis dans l'unique fauteuil de son studio, qui scrute à travers la vitre les rares lueurs des lampadaires pour s'épargner l'impatience. Perçoit vers sa gauche quelques fenêtres éclairées dénonçant la présence de lève-tôt, de couche-tard, d'incurables insomniaques.

Oublie des cigarettes allumées dans le cendrier, qui se consument jusqu'au filtre et s'éteignent ; compagnes répudiées, trahies, remplacées par d'autres si semblables entre ses lèvres avant même le divorce prononcé.

Rejoint le sous-sol, vers 6 heures, pour faire un peu de ménage dans sa 4L. Au moins retirer l'essentiel des détritus de tous genres – emballages de sandwichs, paquets de cigarettes et canettes de soda vides, publicités indésirables – qui se sont approprié le plancher, le coffre, les sièges, les vide-poches.

Pulvérise un peu de désodorisant d'intérieur pour atténuer l'odeur âcre de tabac froid, même si Mila est fumeuse. Ne parvient qu'à créer un amalgame un peu écœurant. Ouvre grandes toutes les vitres en espérant que celui-ci se dissipe un peu.

Regagne son studio, s'assoit sur le lit pour observer son reflet dans la glace de l'armoire.

L'œil, pas bleu ni vert, bien sûr, mais pas terne en tout cas, éclairé d'une pointe de malice qu'il peaufine soigneusement dans la sécurité de sa solitude.

Taille : convenable, suffisante ; et puis Mila n'est pas grande.

Rejoint la salle de bains, la douche ; s'y attarde plus longtemps qu'à l'habitude pour gommer toute odeur corporelle. Dents qu'il brosse jusqu'au saignement des gencives. Cheveux, propres maintenant, qu'il ébouriffe pour leur conférer l'illusion du volume.

Torse, dans la glace ; toison qui descend jusqu'au bas-ventre, trop fournie pour être harmonieuse. Reste à espérer que Mila ne préfère pas les hommes au torse épilé ; c'est « tendance », ces temps-ci.

Pâlit soudain ; observe ses aisselles que la négligence a laissées embroussaillées. Ça, ce n'est plus à la mode ; pour personne… Coup de rasoir rapide, trop, qui laisse quelques points rouges là où la peau a perçu l'agression.

S'habille, choisit ses vêtements les moins austères, les plus flatteurs ; sélection très rapide, donc.

Tasse de café. N'a pas faim.

Cigarette… Non ; renonce : ne pas gâcher tout le travail de purification qu'il vient d'accomplir.

7 h 03. Elle lui a donné rendez-vous à 7 h 30.

Il a reçu le S.M.S. avec son adresse vers 20 heures, la veille ; s'est aussitôt jeté dans sa voiture pour découvrir le parcours, chronométrer le temps nécessaire ; prévoir. Trois minutes de trajet, à peine.

Cigarette, donc, tout de même. Il se relavera les dents après.

À 7 h 20, la 4L se glisse sous la lourde porte relevée du parking. Heph prend son temps, fait quatre fois le tour du rond-point au bout de l'allée Louis Blériot avant de s'engager dans l'allée Roland Garros. Arriver en retard est une incorrection ; arriver trop tôt l'est plus encore, comme si l'on reprochait à l'autre de ne pas être encore prêt – ou prête. Dernier virage vers la rue du Vélodrome, quartier chic de petites résidences bien entretenues. Le loyer de Mila doit être considérablement plus élevé que le sien.

7 h 30 exactement ; Heph coupe le contact devant la porte, songe à lui envoyer un S.M.S. pour signaler sa présence ; mais déjà, elle est là ; devait être en train de descendre l'escalier.

———————————

Elle prend place sur le siège passager.

– Bonjour, Heph ; j'espère que je ne t'ai pas fait attendre…

Elle pose une bise rapide sur sa joue droite. Heph tressaille insensiblement.

– Non, bien sûr !

Parfum floral, qui emplit l'habitacle. Rien de capiteux ; plutôt un choix d'adolescente.

Roulent, maintenant, en direction de « Fenêtres & Clair ». Sa 4L souille le silence des rues désertes du bruit de son moteur mal réglé, ou du pot d'échappement, peut-être. Cela contraint à hausser la voix pour se faire comprendre.

– Tu me dépannes bien, tu sais ! Je ne vois pas comment j'aurais fait pour aller au boulot ; ou alors en faisant le tour de la ville en bus et en partant à six heures du matin…

Heph ne sait pas dire. Dire ces mots qui ne viennent pas, ou alors pas ceux qu'il faudrait. Le moment n'est pas venu pour ceux qu'il voudrait prononcer.

– Pas de problème… D'ailleurs, c'est presque sur ma route.

– Tu pourras repasser me prendre, demain ? La réparation va durer plus de temps que prévu…

– Bien sûr ! Envoie-moi juste un S.M.S. ce soir, que je n'oublie pas…

Prendre un air détaché, indifférent… C'est bien…

Zone industrielle. Trois hommes devant la grille qui bavardent ; ou attendent, qui sait.

L'un d'eux aperçoit Mila à la droite d'Heph ; laisse échapper son gobelet de café, heureusement presque vide.

Pause de 10 heures. Heph n'a pas déserté le groupe de Lucie Hermont ; toujours son agoraphobie. Et puis il est pertinent de ne pas faire preuve d'impatience, d'éviter toute précipitation. Ne pas non plus paraître naïf au point de penser que le fait d'avoir véhiculé Mila le matin lui octroie une quelconque préséance. Voit les lèvres de Lucie bouger, en face. Elle semble s'adresser à lui. Depuis longtemps, peut-être. Il se contraint à l'écoute.

– … et c'est à ce moment-là que l'orage a éclaté…

L'orage a éclaté… Quel orage ? De quoi parle-t-elle ? Il tente :

– Et alors, qu'est-ce que tu as fait ?

– On est tous rentrés dans la première boutique venue, tous les cinq…

Improvisation, certes, mais rien qui le contraigne à confesser son inintérêt. Il faut qu'il parvienne à se concentrer… Le doit.

La sonnerie retentit. Luc Lemaine se tient à sa gauche, en rejoignant « Fenêtres & Clair » ; faisait partie du groupe des trois qui étaient à l'entrée, à 8 h. Paraît agacé, nerveux.

– Tu es venu avec Mila, ce matin…

Plus une affirmation qu'une question.

– Oui : sa voiture est en panne ; elle avait besoin de quelqu'un pour l'emmener au boulot et j'habite pas loin de chez elle…

– Ah !

Les traits de Lemaine se détendent, brusquement. Peut-être même un sourire…

Après-midi. Heph met à jour la liste des stocks ; songe déjà au soir, au retour. Elle ne l'invitera pas à boire un verre ; illusions puis désillusions : amertume.

Mais peut-être qu'elle se retournera, avant de passer la porte, pour lui faire un petit signe de remerciement, ou d'au revoir. Geste insignifiant qui le laisserait rêveur ; pensif.

Heureux, bien sûr.

17 h. Mila monte dans la 4L, dont le moteur tourne déjà, sous le regard perplexe ou agacé de quelques hommes. Fait, par réaction, s'ébaucher un sourire ironique sur les lèvres de plusieurs employées qui ont perçu les mines piteuses des hommes.

Heph lance la conversation, maladroitement.

– Alors, ça te plaît, ton boulot ?

– Oh, tu sais, à la base j'ai une licence d'Économie-Gestion. Ça ne correspond pas précisément au profil du poste, mais bon, ces temps-ci, il ne faut pas trop faire la difficile. Pour trouver mieux, il aurait fallu que je fasse un Master G.P.L.A., mais même… Être surqualifiée n'est pas forcément un atout pour trouver du boulot…

Heph ignore ce que peut bien être un Master G.P.L.A. ; ira vérifier sur internet, tout à l'heure. Mila reprend.

– En tout cas, il y a pas mal de contact humain ; et les gens de la boîte sont plutôt sympas.

Elle rit. Premier degré ? Second ? Heph ne sait pas. En tout cas, Mila semble d'une perpétuelle bonne humeur. Il ne l'a encore jamais vue ne pas sourire…

La 4L s'arrête, rue du Vélodrome.

– Pas mal, ta résidence… Tu habites à quel étage ?

– Au deuxième, là – elle pointe une fenêtre aux rideaux jaune paille.

Descend de la voiture.

– Merci encore ! Tu ne m'oublies pas, demain ?

– T'inquiète. Inutile d'envoyer un S.M.S. 7 h 30, donc.

– Bises !

Avant de redémarrer, Heph jette un œil sur les rideaux jaune paille pour mieux se remémorer la position de la fenêtre, plus tard.

Les voilages viennent de s'écarter ; visage d'un d'homme, jeune. Regard oscillant d'Heph, alternativement vers le haut, le bas, l'homme puis Mila. Mila l'a vu, a vu cet homme. Adresse à l'homme un petit signe de la main.

Réaction

Quasi-indifférence, qui le déconcerte, le trouble. Heph s'attendait à se morfondre, s'alanguir mais... non : juste un insignifiant sentiment d'amertume qui subsiste, s'atténue déjà. L'essentiel de la déception s'est estompé. Truisme : il est considérablement moins douloureux de voir une histoire se finir lorsqu'elle n'a pas encore débuté.

Lucie Hermont : possibilité ; et la nature a horreur du vide... Cible idéale : charmant amalgame d'insouciance et d'ingénuité. Il serait sans doute facile de l'amener vers une discussion plus intime. Heph s'évertue à lui trouver des défauts rédhibitoires mais aucune évidence ne survient. Et, avantage majeur, il n'a aucune concurrence à « Fenêtres & Clair », presque tous les hommes étant, depuis longtemps, à l'affût d'une autre proie. N'entrevoit qu'un seul obstacle : lui-même. Lui et sa timidité. Lui et son manque d'audace. Lui et sa propension, devant un défi inusuel, à chercher tous les motifs possibles d'abdication plutôt qu'une solution pour en venir à bout.

S'arrête devant chez Mila, à 7 h 30. Bises, politesses convenues. Heph ne ressent pas la nécessité d'animer une conversation. C'est elle qui prend l'initiative :

– Finalement, ma voiture devrait être réparée ce soir. Je n'aurai plus à t'embêter...

– Au contraire, c'était un plaisir… Si tu as encore un problème un jour, n'hésite pas.

– Et toi, le boulot, c'est comment ?

– Pas passionnant… Disons que c'est alimentaire, mais on en est un peu tous là… Reste à voir si mon C.D.D. va être requalifié en C.D.I. J'ai un peu peur du délai de carence. Quant à être affecté sur un autre poste… On sait ce qu'on tient, pas ce qu'on aura.

– C'est à peu près pareil pour moi…

– Enfin, pour l'instant, je n'ai pas encore fait de « grosse » bêtise ; donc ça devrait passer.

Heph, détendu ; plus que la veille. Un sourire égaye même un instant son visage en s'arrêtant sur le parking, en souhaitant une bonne journée à Mila.

———————————

10 h. Rue. Silhouette d'Heph, instable, agitée ; pitoyable insecte hématophage cherchant la meilleure approche pour atteindre sa victime en évitant, dans la mesure du possible, de se faire aplatir. Pas même un taon. Le taon ne connaît pas le doute. Ce concept n'évoque rien à son cerveau obstiné. Ne sait qu'une chose : il doit n'en rester qu'un ; lui ou vous. Arrachez-lui cinq pattes et une aile : qu'importe. À aucun moment sa détermination ne vacillera ; il poursuivra sa pénible et lente reptation vers sa cible, poussant de sa patte unique, tirant de son aile restante. Seule sa capacité de nuisance sera significativement amoindrie – bien que

non nulle. Peut-être qu'avec une patte de moins, encore… Il conviendrait d'essayer, d'avoir une démarche scientifique. Heph n'est pas de cette trempe. A le renoncement facile.

Près de lui, Lucie ; souriante, sans doute inconsciente du danger – très relatif – qui la guette… Ou peut-être l'a-t-elle perçu, se divertit-elle de la maladresse de l'homme.

Finalement, elle le devance.

– Tu sais ce qui passe comme film, à l' « Ester », en ce moment ? Je trouve les soirées longues, ces temps-ci…

Dandinement compulsif qui s'interrompt. Heph se fige devant la riposte imprévue ; s'acharnait depuis plusieurs minutes à tenter de forcer la serrure d'une porte déjà entrouverte. Lui proposer de l'accompagner, peut-être… C'est possible.

– Non, mais je peux te trouver ça…

Sort son smartphone ; lance le moteur de recherche.

– Alors, ce soir, il y a « Sauver ou périr ».

– Le sujet, c'est ?

– Un pompier héroïque qui veut sauver des gens, se retrouve coincé dans un incendie et se réveille au service des grands brulés avec le visage détruit, définitivement ravagé…

A vacillé, brusquement, devant le regard de Lucie. Sous-jacence de haine, de mépris. Les mots sont superflus. Ne pourraient probablement pas jaillir, d'ailleurs ; la gorge si contractée de la femme ne saurait pour l'instant produire qu'un râle pénible. Sa fureur est palpable.

Puis, enfin, sensation de décrue, d'apaisement progressif.

– Non mais, ça ne va pas Heph ? Je t'ai demandé un film ; pas une bonne raison pour me flinguer ! Ne me dis pas que tu en es encore au vieux cliché des femmes qui aiment les films larmoyants, romantiques et pleins de bons sentiments ! Si je vais au cinéma, c'est pour me distraire ; pas pour user trois paquets de mouchoirs !

Heph s'excuse.

– Sinon « Green Book : sur les routes du sud ». L'histoire d'un chauffeur blanc qui doit protéger un pianiste noir à l'époque de la ségrégation…

– Oh, là… Les films intellos et moralisateurs… Pas trop mon truc non plus. Il n'y a pas quelque chose qui bouge ? Qui ne prenne pas la tête ?

Heph fait défiler la liste…

– « Avengers : infinity war ». Une histoire de super-héros. À 20 h 30.

– Et bien voilà ! Tu vois, quand tu veux !

Lucie poursuit :

– Ça te dirait de venir le voir avec moi ? Parce qu'une fille seule au cinéma… On tombe sur des tordus, parfois, comme voisins de siège… Et puis on pourrait aller prendre un verre, après…

Heph se refuse à donner sens à cette phrase. La réalité va le rattraper, bien sûr ; est probablement en train de demander son chemin ou de localiser sa position sur un G.P.S. cosmique.

Se rappelle à cet instant qu'il a promis à un ami de venir l'aider à monter une machine à laver dans son appartement. 80 kg et trois étages. Sans ascenseur, bien sûr. Ce genre de choses qui arrivent, parfois. Qui vous questionnent sur la nécessité de l'existence ; son bien-fondé…

– Oui, bien sûr ! Mais pas ce soir ; j'ai une obligation. Demain, si tu veux.

– Ah ! Zut ! Demain, c'est moi qui ne pourrai pas… Mon copain sera rentré ; il était sur un chantier, à Bordeaux, pour la semaine. C'est pour ça que je trouve le temps long…

———————————

17 h. Heph raccompagne Mila. Évoque un peu la journée de travail sans grande conviction.

La 4L s'arrête, rue du Vélodrome.

– Tu montes prendre un verre ? Un thé ; un café ? Je te dois bien ça !

Heph, interloqué :

– Ça ne va pas déranger ton copain ?

Mila a une expression de surprise.

– Mon copain ? Quel copain ?

– Ben… Hier soir, j'ai aperçu un homme, à ta fenêtre…

– Ah ! O.K. ! C'est Freddy, mon frère. Il squatte chez moi depuis que sa copine l'a mis à la porte, avec les deux-trois vêtements dégueulasses qu'il trimbalait. Pas une flèche… N'a pas pu me passer sa voiture, vu qu'il n'a jamais été fichu de passer son permis ; et donc il n'en a pas. Il passe son temps dans le canapé à regarder n'importe quoi à la télé, ou à jouer à des jeux vidéo… Il devient lourd… Ras le bol de ramasser ses chaussettes et ses slips partout ; de gérer sa nourriture ; son linge sale… Mais, bon… c'est mon frère… J'espère juste que ça ne durera pas trop longtemps…

– D'accord, je vois… Et bien, c'est comme tu veux… Je ne suis pas contre.

Ils grimpent les deux étages, à pied. Mila n'a pas eu le réflexe d'appeler l'ascenseur, il l'a suivie. Elle ouvre la porte, sans clé. Tant que son frère est là, pas besoin de prendre de précautions.

Une brume de fumée les agresse, dès l'entrée.

– Freddy, tu fais suer ! Tu aurais pu aérer, au moins.

Ils le trouvent dans le salon, étendu sur le canapé, en chaussettes ; un cendrier débordant de cigarettes devant lui, certaines prolongées d'un cylindre de carton. Il joue à un jeu de guerre dont Heph n'a jamais entendu parler. Visage concentré, dur, image caricaturale du post-ado rebelle en lutte contre une société qui ne sait pas reconnaître son génie, qui l'entrave dans un carcan de règles, de principes. Lui a besoin d'espace, de liberté pour s'épanouir, pour exploiter tout son potentiel. N'a pas à supporter cette oppression constante.

N'a pas non plus jugé utile de répondre à la première remarque de Mila.

– Tu es allé chercher des yaourts, à la supérette ?

– Pas eu le temps.

– Je ne sais pas même pourquoi je t'ai posé cette question... Je connaissais déjà la réponse...

– Euh, bonjour !

C'est Heph qui vient de parler. Freddy a un frémissement ; tourne la tête vers la porte une fraction de seconde pour considérer l'intrus qui vient de s'autoriser à lui adresser la parole ; oublie aussitôt cette vision insignifiante pour se replonger dans son jeu.

– 'lut...

Mila :

– Tu prends quoi, Heph ? Café ? Thé ? Coca ? Il y a peut-être même de la bière, si Freddy n'a pas tout descendu... Bougonnement du canapé :

– Ça y est... Ça va encore être de ma faute...

– Café, je veux bien, si ça ne te demande pas trop de travail…

– Non, non… J'ai une machine à dosettes. Sucre ?

– Merci ; pas la peine.

Mila remplit rapidement deux tasses.

– Viens, on va aller boire ça dans ma chambre… Parce qu'ici, avec le bruit des explosions et les râles d'agonie, ça ne va pas être facile de s'entendre…

Pièce pas trop exiguë ; 15 m^2, peut-être. Grand lit, de 160 au moins, recouvert d'une couette blanche ornée de motifs abstraits aux couleurs pastel ; multitude de coussins, à terre et sur les draps ; un petit bureau, une chaise. Une pile impressionnante de livres sous la table de chevet, pas encore lus ou pas encore rangés. Mila s'est assise en tailleur sur le lit, socquettes roses. Elle lui sourit, selon son habitude, en soufflant doucement sur son café.

Heph constate qu'il a gardé ses chaussures ; il aurait peut-être convenu de proposer de les enlever, dans l'entrée… Mais prévoir l'odeur des chaussettes après une journée de travail n'est pas une science exacte.

Ils échangent des phrases toutes faites, parlent de la décoration de la chambre, de l'appartement ; de l'excentration du quartier qui ne permet pas de rejoindre le centre ville à pied. Heph s'entend à peine répondre, devine tout juste la voix de Mila. Ne parvient pas à se convaincre de la factualité de la situation. Il est là, chez elle, dans sa pièce la plus intime ; son cocon ; son nid. Elle rayonne involontairement comme pour lui signifier qu'elle apprécie ce moment de calme, à peine troublé du bruit des détonations et des explosions thermonucléaires dans la pièce voisine.

– Sympa, ton appart'.

– Oui, plutôt. Mais je vais être obligée de déménager, provisoirement, en janvier ou février. Enfin, juste mes vêtements et ma trousse de toilette ; les draps. L'installation électrique n'est pas aux normes, dangereuse depuis le début. Il y a déjà eu un court-circuit qui a failli incendier l'immeuble. Les travaux vont durer plusieurs semaines. Creuser les cloisons, les électriciens, les plâtriers, les décorateurs qui vont refaire les papiers peints et les peintures… L'assurance de l'entrepreneur prend tout en charge, mais j'ai eu le choix entre l'hôtel, un appart' en ville ou occuper un gîte, du côté de Feytiat, où il n'y a personne. J'ai choisi le gîte : c'est plus calme et plus proche de « Fenêtres & Clair ».

La tasse de café d'Heph est vide ; ne sait trop comment réagir, trop désorienté pour cela.

Il s'excuse de partir, prétextant le déménagement de la machine à laver. La situation lui échappe ; est trop déstabilisante, trop complexe pour qu'il puisse la gérer de façon pertinente.

Il sort. Freddy se montre délibérément agressif, fait un geste de la main comme pour chasser une mouche importune en voyant Heph s'intercaler fugitivement entre lui et l'écran. Un homme de plus :

une raison de plus pour sa sœur de lui suggérer de déguerpir, pour préserver son intimité.

Il met le contact. Mila lui fait un petit geste de la main depuis la fenêtre.

19 Novembre

J'ai invité Heph à boire un café.

Conversation un peu vide ; mais c'est logique : on ne se connaît pas...

Pas l'air bête, pas lourdingue, pas vilain, mais... Je ne sais pas... Il manque quelque chose... Un peu de virilité, peut-être... D'assurance... Odeur pas désagréable, en tout cas...

Bien sûr, Freddy a été odieux ; pénible...

Enfin... Pour Heph... Disons : sur liste supplémentaire, seulement en cas de désistement...

À bientôt, cher journal...

Embranchement

La 4L d'Heph est stationnée, rue Charlemagne. Juste assez loin pour qu'il aperçoive la fenêtre aux rideaux jaunes sans que sa présence risque d'être constatée. Des nappes de fumée s'échappent avec constance de la vitre entrouverte, côté conducteur.

Heph vient souvent se garer là ; observe, note. S'inquiète parfois de voir un homme seul s'arrêter devant la porte d'entrée et sonner. Rien n'indique qu'il se rende chez elle, mais le seul fait que la chose soit possible le rend sombre, irascible.

Des heures s'écoulent parfois sans mouvement perceptible mais cette attente, même stérile, lui donne au moins l'illusion de l'action.

Parfois, il l'aperçoit, montant dans sa Peugeot. Met nerveusement le contact ; la suit, mais de loin, son vieux véhicule rouillé étant trop facilement identifiable. Ne tarde généralement pas à perdre sa trace au hasard d'un feu qui passe au rouge ou dans le flux de la circulation.

Mila revenant au travail dans sa propre voiture, le groupe de ses admirateurs a vite repris espoir, reconstitué ses rangs qui se clairsemaient. Heph n'était finalement qu'une anecdote ; sa présence – déjà oubliée – auprès de leur déesse que le fruit du hasard facétieux…

De son côté, Heph voit chaque jour ses illusions décliner. Sait que, s'il se mêlait à la meute, il ne serait qu'un inconnu parmi d'autres, incapable d'afficher une quelconque différence à même de retenir l'attention. Il n'est pas laid, bien sûr, mais ne ressemble à rien de précis, d'immédiatement identifiable. N'a aucun atout maître à abattre et, qui plus est, manque désespérément d'audace – ou d'assurance – pour oser une approche directe.

Son paquet de cigarettes est vide, maintenant, rendant sa surveillance monotone. Ses heures de guet dans le froid ont d'autre part attisé sa faim. Il fait le choix de relâcher provisoirement sa garde pour aller faire quelques courses à la supérette de la rue Paguenaud.

Caddie qui se remplit, au fil des rayons. Heph retarde le moment de se rendre au rayon boucherie dans l'espoir naïf que l'interminable file de clients se résorbe ; mais celle-ci ne fait que croître, au contraire. Il devra se résoudre à supporter l'attente.

Juste après lui, quelqu'un prend un ticket pour valider sa position dans la queue.

– Tiens ! Bonjour, Heph !

– Oh ! Salut, Mila !

Bises.

Conversation creuse pour s'épargner l'embarras du silence. Ils ne s'étaient jamais croisés ici. Bien sûr, c'est le commerce le plus près de chez eux, mais sans doute ne s'y rendent-ils pas aux mêmes heures. Il ne reste plus qu'une vieille dame à servir, avant lui.

Elle :

– Tiens, au fait ; pendant que j'y pense... Qu'est-ce ce que tu fais, ce soir ?

– Euh... Rien de spécial, pourquoi ?

– Je donne une petite soirée, chez moi. Une dizaine de personnes... Ça te dirait, de passer ?

Heph, approuve, beaucoup trop vite. Toujours sa maladresse habituelle.

– Bien sûr ! C'est à quelle occasion ?

– Je fête le départ de mon frère, enfin !

Elle rit, reprend...

– Presque deux mois qu'il vidait mon frigo et faisait fuir tous mes invités. Ma salle de bain était devenue un entrepôt pour ses sous-vêtements puants... Je passais mon temps à ramasser ses canettes de bière vides sous le canapé, ou dans les toilettes. Il était temps ! Mais, heureusement, mon père a réussi à lui trouver un petit boulot, près d'Orléans, grâce à un ami, et il n'a pas pu refuser... Bon, bien sûr, il ne tiendra pas trois mois, mais c'est toujours ça de pris...

Mila ne sait même pas pourquoi elle a proposé à Heph de venir ; sans doute dans l'euphorie de la bonne nouvelle. Le boucher interpelle Heph : c'est à lui d'être servi... Il saisit les morceaux de viande emballés. Elle :

– Vers huit-neuf heures, ça ira ? De toute façon, ce n'est pas un dîner... Des toasts, du punch... Peut-être même quelques bouteilles de champagne, tiens... Ce n'est pas tous les jours qu'on a l'occasion de se réjouir !

– Parfait. À tout à l'heure, alors !

– À plus !

---

20 h 15… Juste pour suggérer qu'il n'y avait pas urgence, nécessité, impatience.

Heph tient sous son bras une bouteille de champagne achetée dans l'après-midi, glacée d'une heure de maturation au congélateur.

– Merci, il ne fallait pas !

Elle l'embrasse.

Dans l'appartement, sept hommes. Et lui. Une fille, aussi, si l'on excepte Mila.

Sept hommes qui savent qu'ils n'ont que quelques heures pour établir leur domination, accréditer l'idée qu'ils feront un meilleur reproducteur que les autres. Sept hommes celant leur convoitise sous des regards affables ; prêts cependant à toutes les bassesses, à tous les sous-entendus faussement bienveillants pour faire trébucher leurs rivaux ; pour faire entériner leur différence, leur suprématie.

Sept hommes et Heph, l'insignifiant, tout juste toléré en tant que spectateur ; arbitre inutile de la lutte car privé de sifflet et de cartons rouges.

Film déjà vu cent fois, à l'identique, si ce n'est le nom des acteurs. Scène de rut lassante et répétitive, tournée en plan-séquence.

La soirée sera longue.

Le brun, aux yeux gris… Lui, c'est le boulot ; sa réussite, son potentiel… Son sens du contact avec les clients. La promotion ne peut pas lui échapper, bien sûr.

Le rouquin, aux yeux marron ; l'artiste. Photographe à ses heures. A laissé tomber les photos de mariage pour s'adonner à la créativité, l'onirisme… Femmes à la peau pâle, nues dans une lumière brumeuse, masquant leurs seins de sphaigne – mais, pas leur pubis, étrangement – et émergeant ruisselantes d'une mare aux eaux sombres. Trouve cela « *New Age* ».

Le littéraire… Cite Sartre, Nietzche, Yourcenar, Houellebecq, lui-même aussi, par autosuffisance… Généralement en dehors du propos, mais qu'importe… L'essentiel est de signaler sa culture.

Le voyageur, l'aventurier. Beau, blond, bronzé. A pris une année sabbatique après ses études de Philo pour parcourir des pays improbables, dangereux, fermement déconseillés dans les guides touristiques.

Deux autres, ne prétendant pas mettre en exergue un talent particulier, mais plutôt séduisants. Barbe dense et bien taillée, habillés avec goût. Parlent avec assurance, calme, autorité. Bon sens de la répartie.

Le musicien : cela manquait… Guitariste. *Roadie* pour des groupes de rock en tournée. Installe les synthés, les amplis, vérifie la qualité du son ; mais ce n'est pas son avenir. Sera soliste, un jour…

Heph n'a pas cherché à retenir leurs prénoms. Un système de castes s'était tacitement établi. Presque au sommet, les sept *Kshatriyas*, les guerriers, les rois, dignes de convoiter Mila suivant le principe d'endogamie, et lui, aux bas-fonds de la hiérarchie ; l'*intouchable*.

Comme à son habitude, Mila n'affiche de préférence pour personne ; évite les apartés, assume avec naturel et efficacité son rôle d'hôtesse. Complète les verres qui se vident, s'éclipse à peine pour revenir aussitôt avec un nouveau plateau de blinis, de toasts, de feuilletés. Ne surjoue pas non plus la séduction ; est simple, agréable. C'est assez. C'est elle.

Reste la fille. Enfin… L'autre. Justine. Cheveux bruns plutôt longs, yeux marron clairs, grande bouche aux lèvres juste assez pulpeuses pour être à la fois suggestives et naturelles et qui laissent entrevoir des dents blanches parfaitement alignées. Il faut vraiment un examen attentif pour déceler chez elle quelques imperfections ; le nez un peu large, peut-être ; des oreilles légèrement trop grandes mais qui sont masquées par la chevelure. Sinon, elle est fine, taille moyenne, vêtue avec recherche.

Plus encore que Mila, ses paroles se limitent à quelques interjections ; quelques sons posés çà et là par un dialoguiste en manque d'inspiration. À peine s'autorise-t-elle, parfois, à oser une phrase complète pour demander une précision, commenter une intervention. Mais, comme Heph, elle paraît mal à l'aise. Il est toujours déstabilisant de voir que personne ne vous regarde, ne vous interpelle ; de prendre conscience de son insignifiance. Ses mains sont posées sur ses genoux, jambes serrées ; s'aventurent juste de temps en temps jusqu'à la table basse pour picorer une cacahuète, ou une mini-brochette de fruits frais.

Morosité. 21 h 12 à l'horloge murale, apparemment arrêtée ; aiguilles figées. Peut-être est-il 22 h ou 22 h 30... Heph n'ose regarder sa montre de peur de dévoiler son ennui, mais l'heure du départ ne devrait plus tarder... Voit soudain avec effroi l'aiguille des minutes frémir, progresser de façon dérisoire. 21 h 13 maintenant. Trop tôt, bien trop tôt pour inventer un prétexte pour s'enfuir. Tentation de prendre une cigarette, peut-être pour se dissimuler dans un cocon de la fumée, ou retrouver une compagne familière dans cette cellule d'isolement virtuelle. Mais aucun cendrier sur la table ni sur aucun meuble. Soirée tacitement « non fumeurs ».

21 h 25. Le musicien s'est levé. Se dirige maintenant vers une tenture qu'il écarte, dévoilant une porte fenêtre et, derrière, un petit balcon. Rejoint l'extérieur sans se soucier de se justifier et tire la porte vers lui. Embrasement fugitif d'une allumette.

Heph patiente, attendant qu'il revienne. La proximité impliquerait l'ébauche d'un dialogue ou, pire, un silence dédaigneux, ce qui serait encore plus pénible que son actuel statut de négligeable. Se précipite presque pour prendre sa place dès son retour.

À peine la flamme de son briquet éteinte, il perçoit le léger grincement de la porte, derrière-lui. La perspective d'une conversation contrainte avec un des autres hommes le tétanise, lui fait presque glisser des doigts sa cigarette.

– Je te dérange ?

Voix féminine. Justine, qui ne se formalise pas de l'absence de réponse ; sort son propre paquet de poison. Semble plus détendue, maintenant qu'à l'écart du groupe.

– Bonsoir ! On ne s'est pas présentés…

Heph s'aperçoit subitement que, depuis le début de la soirée, personne ne lui a demandé son nom, ni à quel titre il était là.

– Moi, c'est Heph. Je travaille dans la même boîte que Mila ; c'est comme ça qu'on s'est rencontrés.

– Enchantée ; Justine. Mila et moi, on se connaît depuis le collège. Ça fait dix ans, au moins… Elle se sent obligée de m'inviter à toutes ses soirées ; peut-être a-t-elle l'intention de me caser ?

Elle rit. Lui :

– Je serais surpris que tu aies besoin de son aide pour ça…

– Ouf, tu me rassures un peu !

Sourire frais, charmant. Lui, laissant une volute se diluer dans l'air du soir :

– Mais tu n'as pas l'air ravie d'être ici, ce soir…

– Disons que, plus les années passent, plus ça devient pesant. Quand on avait 16 ans, on avait chacune notre « cour », quelques garçons qui nous tournaient autour... Mais au fil du temps, les miens sont partis ailleurs ou se sont mariés. Certains ont même rejoint la « bande » de Mila, comme le photographe ou celui qui a fait le tour du monde. Par contre, ses copains à elle, eux, se sont multipliés comme des mauvaises herbes – là, tu n'en vois qu'une petite partie ; les autres habitaient trop loin pour venir...

– Ça ne m'étonne pas... J'ai vu ce que ça donnait à « Fenêtres & Clair ».

– C'est pour ça que les soirées de Mila m'ennuient de plus en plus... Quand elle est là, il n'y a qu'elle qui existe. Ce n'est pas de sa faute et je ne suis même pas sûre qu'elle s'en rende compte, mais toutes les autres filles deviennent évanescentes... À part moi, il y a longtemps que ses autres copines ne se déplacent plus... Elles savent que c'est du temps perdu...

Heph rit.

– C'est clair que Mila a quelque chose de spécial... Un « truc », quoi... Parce que physiquement – excuse-moi, je ne veux pas avoir l'air de te draguer lourdement et que tu me fasses un procès pour harcèlement ! –, je te trouve plutôt mieux qu'elle.

Justine, surjouant la gravité :

– Ah ! Ça fait plaisir de voir qu'il y a encore des gens lucides, en ce bas monde ! Promis : je n'irai pas porter plainte pour cette fois. Mais... Bon... Ne recommence pas !

Sourit.

Heph était sincère ; évite tout de même de lui dire que ça ne change rien. Que Mila l'attire beaucoup plus qu'elle. Que c'est un fait sur lequel il n'a aucun contrôle...

Les dépouilles des cigarettes ont rejoint un petit pot de terre posé à cette intention dans un recoin du balcon. Lui :

– Bon ; il va peut-être falloir rejoindre les autres ; ils vont se demander si on n'est pas en train de faire des bêtises...

– Oh, ne t'inquiète pas pour ça... À mon avis, personne n'aura remarqué qu'on est partis...

Ils rient ensemble ; Heph peut-être un peu moins fort. Moins spontanément.

Ils rejoignent leurs places. Effectivement, personne ne se retourne. Seule Mila consacre un moment à les observer, comme intriguée.

Heph a bu, sans démesure mais un peu trop. A vainement cherché dans l'alcool l'assurance qui lui manque. A osé quelques mots, les premiers de la soirée, mais il ne s'est trouvé personne pour s'en saisir et les compléter, ébaucher un dialogue.

De nouveau, plus tard, Justine l'a accompagné sur le balcon pour fumer ; partager quelques mots, oublier un instant leur éviction virtuelle. Sans spécialement s'observer ni tenter de se rapprocher.

Ultime bouteille de champagne qui se vide ; fin de soirée.

Mila les embrasse tous, chacun avec la même intensité, la même attention. Les remercie d'être venus.

Aucun homme n'a cherché à serrer la main d'Heph ; il aurait déjà fallu qu'il existe, à leurs yeux ; soit au moins tangible.

En bas de l'escalier, Justine l'a interpelé.

– Contente que tu aies été là, Heph… La soirée m'a paru moins longue.

Heph, jouant l'agacement :

– Ça, je ne suis pas près de te le pardonner, Justine !

– Quoi donc ?

– Tu viens de me piquer ma réplique…

Moue boudeuse.

Sourires.

Se font deux bises ; s'éloignent dans des directions opposées.

7 décembre

Invité quelques personnes pour fêter le départ de Freddy. J'ai glissé discrètement un papier dans la main d'Orlan en l'embrassant, lui demandant de me rappeler 5 minutes plus tard, quand les autres se seraient éloignés. Pourquoi lui et pas un autre ? Je ne sais pas. Je n'ai pas d'explication. C'était lui qui me tentait, ce soir. L'attirance est variable, imprévisible. Au final, un bon 8 sur 10... Pas mal du tout ; mieux que je n'espérais... C'était le bon jour et le bon moment. Et le fait que Freddy soit parti a grandement facilité les choses.

En tout cas, cher journal, je te jure que ce n'était pas prémédité ! Ce soir, j'avais l'intention d'aller simplement me coucher, comme une petite fille sage... Ça m'a prise d'un coup, comme ça.

Bizarrement, Justine a eu l'air de faire amie-ami avec Heph... Curieux... Elle peut se permettre mieux. Ce ne sont pas les opportunités qui manquaient, ce soir...

À bientôt, cher journal...

Conditionnel. 12 décembre

Heph hésite. Contemple le plastique terni de la sonnette sans pouvoir se contraindre à y apposer son index.

Tente à nouveau d'extraire une main de sa poche, malgré le froid ; la hisse à hauteur de son visage, vers le bouton. La voit s'affaisser sans avoir pu achever le geste.

Il s'adosse à la porte vitrée, allume une cigarette.

Bruits de pas, dans la rue. Heph se pressent ridicule ; ferme instinctivement les yeux, comme pour s'abstraire du regard étranger, nier sa propre présence. Le bruit des pas dans les flaques résiduelles passe et s'éloigne.

Il attend que le silence vienne lui dire sa solitude retrouvée pour hausser les paupières. Entre ses doigts, la cigarette achève de se dissoudre dans la nuit, luciole rougeâtre et toxique. Heph se hâte d'aspirer une ultime bouffée avant de l'euthanasier sur le mur près de lui. Regrette, trop tard, en constatant la souillure sombre sur la pierre, qu'il atténue d'un doigt rapide. Le temps fera le reste.

Dégage ses épaules du verre humide ; mains dans les poches qui se posent sur le trousseau de clés.

Il esquisse quelques pas jusqu'à la voiture, ouvre la portière côté conducteur et se laisse glisser sur le siège. Lueurs des lampadaires, face à lui, qui ondulent sous le prisme de la pluie, laquelle vient maintenant détremper le siège.

Heph claque la porte, sans y penser. Son regard erre dans le vide, au-delà du pare-brise, avant de s'étonner de la crispation machinale de ses mains, sur le volant.

L'image s'enfuit vers la droite ; la porte, le bouton de sonnette ; glisse jusqu'à la fenêtre de l'étage ; espoir redouté d'une absence.

Mais une lumière filtre, là-haut. Volets ouverts, comme d'habitude. Peut-être même a-t-elle vu la 4L grise d'Heph, la lèpre de rouille rongeant anarchiquement le bas de la portière. Avant de laisser les rideaux se rejoindre.

Heph abaisse sa vitre pour guetter un mouvement, une ombre. Ne perçoit rien hors la pluie qui s'écartèle sur son capot et dilue les couleurs déjà pâles.

––––––––––––

Il sonne. Enfin… le voudrait.

Petite mélodie de quelques notes qu'il n'entend pas, trop lointaine ou masquée par le crépitement de l'eau. Puis, après un moment, le visage entre les pans des rideaux jaunes. Elle le regarde ; son image s'efface. Serrure qui se déclenche face à lui ; porte d'entrée qui s'entrebâille, invitation informulée à pénétrer dans le hall, à gravir l'escalier et l'apercevoir au bout du couloir, qui l'attend.

––––––––––––

Il sonne. Enfin… le pourrait.

Le visage entre les rideaux. L'image qui s'efface. Mots déformés par l'interphone, voix de synthèse. Elle doit se lever tôt le lendemain, s'apprête à se coucher. Mais ce sera pour un autre jour. Il répond qu'il comprend, bien sûr…

Il se retourne.

Enfin, le ferait ; regagnerait sa voiture.

Là haut, le halo lumineux vient de disparaître.

Il pleut.

––––––––––––––––

Un des essuie-glaces de sa 4L est à changer ; outre son grincement lancinant, il ne parvient qu'à dégager une zone à peine suffisante pour entrapercevoir la route.

Malgré une trajectoire erratique, Heph parvient à rejoindre l'allée Roland Garros, l'allée Louis Blériot. Troisième immeuble à droite ; plutôt troisième porte d'entrée de l'alignement de béton et de verre qui endigue la rue entière. Contorsions habituelles pour parvenir à atteindre le digicode du parking souterrain, sa télécommande ayant depuis longtemps trouvé l'oubli dans quelque lieu improbable.

Laisse sa 4L s'aventurer dans le bas-ventre de l'immeuble, en explorer les méandres. La portière gémit en s'ouvrant, plainte qu'il ne perçoit que dans le sous-sol car amplifiée à l'infini par les parois de béton.

Heph contourne l'ascenseur ; lui préfère la vis sans fin de l'escalier, ascension monotone parmi les effluves.

Il ouvre sa porte. Laisse son manteau humide choir sur la moquette usée et s'étend sur le lit, dans la pénombre apaisante. Se redresse un instant pour saisir sur le sol son briquet, un cendrier déjà débordant qu'il ne se soucie pas de vider, son paquet de cigarettes trop vide maintenant pour l'accompagner jusqu'au sommeil. Songe un instant à redescendre jusqu'à sa 4L pour ramener le paquet neuf qui doit traîner dans le vide-poche. Le fera, plus tard.

Dans sa main, le smartphone est apparu. Il a pressé un bouton, à droite. Éclat brutal de l'écran dans l'obscurité, qui l'éblouit un moment ; temps d'adaptation avant de repérer les icônes. Errance de l'index dans le dédale de la galerie photos et enfin l'image de Mila. Un peu floue – car dérobée et son vieux smartphone n'a pas de stabilisateur – alors qu'elle le devançait dans un couloir ; pas même de profil. Ou à peine. Et peu importe. Touche l'écran à intervalles réguliers pour qu'il ne s'éteigne pas, ne fasse pas disparaître le visage.

Heph retourne à la page d'accueil consulter sa messagerie, auto-flagellation inutile.

Aucun message… Bien sûr.

────────────────

Il lui envoie un S.M.S.

Tape un long texte laborieux sur le clavier numérique. Il faut que les mots soient forts, définitifs. Qu'à chaque ponctuation, l'œil puisse se clore, se délecter de l'attente. Car tout est dit, déjà, mais il convient de s'interrompre pour se demander si, cette fois, l'infini va être effleuré.

Heph sait trop sa propension à diluer son discours, à l'encombrer de lieux communs qui viennent en éroder le contenu. Des mots forts. Pas d'adverbes. Juste des cristaux purs et limpides.

Reste à poser le pouce sur « Envoyer ».

Le poser.

Il le faudrait.

Le message rejoint la cohorte des brouillons qui encombrent sa carte mémoire.

PARTIE 3 :
ÉGAREMENTS

La quête

15 h, presque. Phi contourne Dax, sans s'arrêter. Forêt landaise qui se clairsème pour laisser place aux cultures, aux prairies. Il poursuit sa route vers Mont-de-Marsan sur la D824. En atteint la banlieue avant 16 h.

N'a pas mangé, à midi ; s'arrête dans un hypermarché pour acheter un sandwich, quelques paquets de gâteaux ; des boîtes de conserve qu'il réchauffera comme il pourra sur son réchaud à gaz. Un bocal de café lyophilisé, quelques canettes de boissons énergisantes, un pack d'eau minérale au cas où son bidon de vingt litres ne suffirait pas.

A oublié l'écouteur de son smartphone ; en rachète un pour écouter sa *playlist*, la radio de son Combi étant devenue définitivement aphone quelques mois plus tôt. Phi n'est pas un grand amateur de musique mais apprécie que les mots des chansons fassent sens, soient adéquats, recherchés, même s'il n'est pas passionné de littérature. Ne goûte guère les propos haineux, provocation calculée parce qu'à la mode et que cela rapporte, des supposés nouveaux talents. Quant à la musique électronique, elle lui disloque les oreilles ; c'est parfait pour une boîte de nuit, mais il n'a plus pénétré dans aucune d'elles dès l'instant où il eut l'âge légal pour y être accepté. Sans risque et sans défi, le plaisir s'était éteint. L'odeur de sueur, l'impossibilité de communiquer de par le volume sonore, lui étaient devenues intolérables. Donc Souchon, Dylan, Gainsbourg, Cohen, Barbara,

Stromae, Grand Corps Malade, Brel… Tant d'autres… Il y avait de quoi remplir pas mal de cartes micro SD…

Reprend la route, vers Agen, par la D930. Avale son sandwich sans se préoccuper des miettes et morceaux d'œufs, de tomates et de viande qui viennent souiller le tapis de sol. Son Combi en a vu d'autres…

Plus tard. Croise des voitures aux phares allumés ; en déduit l'approche de la nuit. Il n'y avait pas prêté attention. Moment venu de rejoindre l'A62 à l'entrée 5 – Marmande. Phi dédaigne généralement les autoroutes qui le privent de paysages, de rêveries, mais est conscient que leurs aires de repos sont considérablement mieux surveillées et moins dangereuses qu'un quelconque chemin vicinal.

Il s'arrête sur l'une d'elles. Le vent est tombé. Ne perçoit plus aucun effluve, hors la puanteur nauséeuse de gasoil des poids lourds qui viennent de faire le plein ou de redémarrer. Pas même 18 heures ; songe un instant à reprendre la route mais renonce. À quoi bon se hâter pour s'acheminer vers nulle part ? Rejoint la boutique de la station service pour acheter un livre. Plus exactement 250 pages de livre, 250 pages de n'importe quel auteur traitant de n'importe quel sujet ; 250 pages au moins. En gros, 50 000 mots, 300 000 caractères. 250 pages d'oubli. Suffisamment de pages, de mots, de caractères pour l'accompagner jusqu'au coucher.

Froid, qui le fait frissonner ; livre qui tressaute presque entre ses mains. Il ne reste de toute façon qu'une trentaine de pages. Mieux vaut les réserver pour plus tard, avant le sommeil. Fait réchauffer une boîte de raviolis à la flamme bleue de son réchaud. La température s'est abaissée, n'atteint plus les 10°C, sans doute. La chaleur de la nourriture l'apaise, calme ses tremblements. Il gaspille un peu de l'eau de son bidon pour nettoyer sa gamelle – il n'a pas utilisé d'assiette – mais devrait pouvoir le remplir demain matin, peut-être au lavabo des toilettes.

Il est tôt, encore. 22 h à peine. La dernière page du roman a été depuis longtemps tournée. Pour passer le temps, il s'occupe à regarder sur une carte d'agenda le trajet qu'il a parcouru. 150 km. Moins, même. Et, déjà, il a perdu toute piste. Ne s'explique pas, ne trouve aucune justification de sa présence ici. Songe à téléphoner à Sig pour espérer un conseil. Ou à Enéa… Non. Pas elle.

Plus qu'à dérouler son tapis mousse et écouter quelques chansons sur son smartphone en espérant le sommeil.

23 h. Doigt qui effleure l'écran pour interrompre la lecture ; musique aussitôt remplacée par les grondements affaiblis des moteurs de voitures mais qui, déjà, se raréfient, se dispersent.

Presque une berceuse.

———————————

Froid qui l'éveille, vers 6 heures. A passé la nuit à enfiler l'un après l'autre tous les vêtements qu'il avait emmenés, mais la température s'approche maintenant de zéro dans la fourgonnette. Phi s'étonne presque que l'eau de son bidon ne soit pas gelée.

Se prépare à la hâte un café, approchant prudemment ses doigts des flammes bleues, pour les désengourdir. La nuit et le calme s'attardent encore, sur l'aire d'autoroute. Il s'écoule chaque fois plusieurs minutes entre deux passages de véhicules, comme si la vie peinait à s'extraire de cette gangue de froid et d'obscurité.

Fait quelques pas sur le parking, sa tasse de café dans une main, quelques gâteaux dans l'autre. Hume le vent, qui a apparemment tourné au nord durant la nuit. Aucune odeur d'herbe ; rien…

Il décide de repartir, tout de suite ; sa toilette attendra, de même que le plein d'essence. L'urgence est de remettre le moteur en marche pour pouvoir déclencher le chauffage de la fourgonnette et attiédir un peu l'habitacle.

Envie fugace de faire demi-tour. Il ignore ce qu'il cherche, ce qu'il espère trouver. N'a pris la route que pour fuir cette vaine attente qui le consume, plante parasite qui l'évide. Cette seule pensée suffit à le faire persévérer. Dans deux jours, il sera à Genève ; dans 4 jours à Munich… Et après ?

Quitte l'autoroute à la sortie 6 – Aiguillon –, repart par la départementale. À quelques kilomètres d'Agen, s'arrête pour prendre un autostoppeur ; non qu'il recherche une compagnie, mais n'oublie pas tous les conducteurs qui l'ont véhiculé gratuitement pendant des années. C'est son tour, maintenant.

Il entrouvre la vitre.

– Vous allez où ?

– Cahors… Mais si vous pouvez me déposer à Agen, ce sera déjà sympa.

Phi réfléchit ; c'est à peu près sa direction.

– O.K. pour Cahors. C'est ma route.

Le jeune remercie, jette son sac à l'arrière.

– Merci ! Je vais rejoindre ma copine et je n'ai pas beaucoup de jours de congé. Vous m'évitez d'en gaspiller un ou deux à faire la route.

– Pas de problème ; j'ai connu ça, aussi…

Le stoppeur est raisonnablement, presque incongrûment propre ; tenue soignée, sans plissures d'usage. A dû passer ses habits les plus flatteurs pour rejoindre son amie mais s'est inondé d'eau de toilette bon marché. Odeur pénible, obsédante. Phi entrouvre machinalement sa fenêtre, l'habitacle étant maintenant assez chaud pour qu'il puisse se le permettre.

Et, presque aussitôt, il le devine ; le perçoit. Le parfum d'herbe humide est revenu, dehors, avec une intensité inusuelle. Phi a la tentation de s'arrêter mais des voitures le suivent de près. Poursuit donc à la même vitesse pour ne pas provoquer de collision. La fragrance l'accompagne jusqu'à l'entrée d'Agen. Dès lors, le vent se met à s'égarer entre les immeubles ;

tourne, virevolte ; disparaît. Le parfum d'herbe devient sporadique. La route de Cahors rejointe, il a définitivement disparu.

Vers 10 h. Le Combi rejoint les méandres du Lot. En chemin, le stoppeur s'est montré discret, absent, consacrant tout son temps et son énergie à envoyer des S.M.S. à son amie. Ils se sont donné rendez-vous près du pont Valentré ; peut-être pour que leurs retrouvailles se fassent dans un cadre romantique ; plus probablement parce que c'est un point de repère incontournable, même pour quelqu'un ne connaissant aucunement la ville.

Phi dépose le jeune au jardin de l'Ivresse. Il est temps pour lui de rejoindre le Boulevard Gambetta pour un café-croissant régénérant.

S'installe à « La comédie », près de l'immense place François Mitterrand ; en sort réchauffé et repu.

Rejoint le Lot par la rue Georges Clémenceau. L'air est frais mais lumineux ; propice à la découverte. Phi s'égare volontairement dans les rues étroites et pittoresques, envoutantes. Prend même quelques photos avec son smartphone, lui, puriste, qui considère qu'une vraie photographie ne peut se concevoir qu'avec un 24×36 ou un moyen format, de préférence en argentique et, encore mieux : en noir et blanc. Ne regagne le Boulevard Gambetta que vers 13 h, pour un sandwich avant de repartir, de reprendre la route.

Son smartphone lui signale un S.M.S. Sig.

– *Je ne t'ai pas vu à la plage. Ça va ?*

– Je cherche. Ou plutôt je me cherche. T'inquiète.
R.A.S. À bientôt.

Son téléphone étant sorti, il en profite pour lui faire afficher une carte routière : n'a aucune idée de sa prochaine destination. À Agen, il a perçu l'odeur, mais ne sait pas d'où elle provenait, ce qui ne lui donne aucune indication. Ici, rien, ne seraient les effluves de pain chaud dans la boutique de restauration rapide. Aurillac ? Clermont-Ferrand ?

Une exclamation de surprise, derrière lui.

– Non, c'est pas vrai ! Phi !

Il se retourne, cherche un peu ; non qu'il ne la reconnaisse pas mais est désorienté par l'effet de surprise. L'improbable entrave la réflexion... Bérangère. Bérangère Silin, ça doit être ça. Oui : certitude. Quand ? Ah, oui… Lycée René Cassin, à Bayonne. Terminale E.S. ; 2013.

Bérangère Silin, sa compagne de table en cours d'Anglais. Mignonne ; sympa.

Sont sortis ensemble, un moment.

Et plus, car affinités.

– Bérangère ! Pas possible !

– Ce qui n'est pas possible, c'est que tu sois là… Si loin de l'océan… Toi qui devenais fou si tu ne regardais pas les vagues plus d'une journée… Qu'est-ce que tu fais ici ?

– Pas la moindre idée…

Bérangère rit.

– Ça ne m'étonne pas… Ça a toujours été un peu le chantier, dans ta tête ! Mal rangé, tout ça ! Désordre. Chambre d'enfant…

– Assieds-toi !

Bérangère prend une chaise. Commande un panini.

– Sérieux… Qu'est-ce que tu fais à Cahors ?

– Long à expliquer, sauf si tu as le temps…

– Là, non… Pas trop. Je dois être au boulot à 13 h 30.

– Pas possible, alors…

Bérangère réfléchit…

– Si tu es encore à Cahors vers 18 h, ça peut le faire…

– Pas d'urgence à partir.

– Tu notes mon 06, alors ?

Phi saisit son smartphone, enregistre le numéro.

Ils s'observent, longuement. Les années qui les séparent de leur dernière rencontre ont affirmé les traits de Phi ; sans doute aussi dilué la candeur dans les yeux de Bérangère, mais rien qui ressemble à une altération : privilège de la jeunesse.

Elle :

– Je suis contente de te revoir… Ça me rappelle pas mal de choses…

Phi est songeur…

– Moi aussi.

Bérangère dévore son panini, le fait glisser d'une gorgée de soda.

– Bon… À 6 h, alors…

Elle remet son manteau, pose une bise sur la joue de Phi.

S'enfuit.

Retrouvailles

Phi a rejoint son Combi, s'est éloigné de la ville pour trouver un endroit tranquille pour se reposer, faire une sieste ; la nuit a été courte et, en plein jour, il redoute moins le vandalisme ou les agressions... Le calme et le silence sont là, mais la lumière le prive de sommeil. Il se couvre le visage d'un pull. S'endort.

Il l'appelle à 18 h précises, depuis sa fourgonnette qu'il a garée à l'entrée de Cahors. Pas de réponse. Décide de patienter quelques minutes avant de téléphoner à nouveau.

Sonnerie. C'est Bérangère.

– Excuse-moi, Phi ; je rentre de la crèche. J'étais allée chercher mon petit bout et, le temps de lui donner son goûter... Mais tu sais peut-être ce que c'est...

Tiens : elle a un enfant... Qu'importe... Il rit.

– Ah, non, pas encore... C'est quand même mieux d'être à peu près adulte pour avoir un gosse, et je ne suis pas certain de remplir tous les critères. Mais, si tu es occupée, je peux te rappeler plus tard...

– Non, c'est bon... Paul joue dans le salon ; je le surveille. Par contre, pour bavarder, il vaudra mieux que tu viennes chez moi, parce que je n'ai pas de baby-sitter sous la main. Ou alors dans la salle de bain ou le placard à balais, peut-être... Je n'ai pas regardé...

Phi sourit, dans la pénombre. Avoir un enfant ne lui a pas fait perdre son humour.

– Si tu veux… Mais, si tu me donnes ton adresse, ça m'évitera d'appuyer sur tous les boutons de sonnette de Cahors… Sinon, je risque d'être un peu en retard, ou au poste de police.

Elle répond. Phi lance une recherche sur son smartphone : c'est à deux pas. Inutile de bouger son Combi. Pense aux boîtes de conserve qui lui restent, à l'arrière. Ce soir, ce sera « Saucisses-lentilles », parce qu'avec un mari et un enfant, il serait étonnant que la soirée se prolonge.

Il sonne.

– Bonsoir, Phi ! C'est ouvert. Deuxième étage, porte à droite.

Il avale les marches, pousse la porte qui est entrouverte. Petit appartement coquet, décoré avec soin dans un style un peu ethnique. Bérangère est accroupie sur un tapis en jonc de mer, joue à créer des accidents entre deux grosses voitures en plastique coloré sous l'œil amusé de son fils.

– Là, on a deux possibilités : soit tu joues avec Paul le temps que je file à la cuisine te faire un café, soit tu trouves la cafetière comme un grand et tu te débrouilles. Mais tu peux aussi ouvrir le frigo et te servir ce que tu veux…

– Option 2, M'dame ! Ça fait plus de vingt ans que je n'ai pas joué avec un môme et, à l'époque, ils avaient mon âge… J'ai peur d'avoir un peu perdu mes réflexes !

Elle, entre dédain et mépris :

– O.K. Je vois... Toujours aussi lâche !

Lui, amusé, rieur :

– Je te ramène quelque chose ?

– Un jus de pomme, dans le frigo. C'est celui de Paul, mais j'y ai pris goût aussi.

Phi revient, s'est servi un verre de jus d'orange. Bérangère :

– Bon, sérieusement, qu'est-ce que tu fais à Cahors...

Phi réfléchit.

– Pour faire court, j'attends que le vent se lève.

Bérangère le regarde, atterrée.

– Délire... J'ai déjà entendu pas mal d'excuses bidons, dans ma vie ; mais, là, tu viens d'exploser le score !

Phi se résout à donner la version longue ; enfin, plutôt l'intermédiaire. Raconte le vent, l'odeur, le fait qu'il n'avait pas grand chose à faire à Hossegor. Ne fait pas mention d'Enéa, de ses névroses ; la plaie est encore suintante.

– Remarque, s'il n'y avait rien qui te retenait, pourquoi pas...

Silence.

– Dis donc, tu n'as pas perdu de temps, pour avoir un enfant.

– Disons qu'un soir, j'ai oublié de prendre ma pilule… Oups ! C'est ballot !

– Volontaire ?

– Bien sûr ! Mais, j'avais des circonstances atténuantes, votre honneur !

– Vas-y ; raconte…

– Après mon bac, j'ai quitté Bayonne pour m'inscrire en école d'infirmières, à Pau. C'est là que j'ai rencontré Julien, mon mari. Lui, il avait une licence d'Histoire-Géographie et finissait un master pour passer le C.A.P.E.S. Devenir prof, quoi… On s'est rapidement mis ensemble et moi, j'ai arrêté mes études d'infirmière. Je n'avais pas assez d'empathie, de patience… Et, en plus, dès que je devais enfoncer une aiguille dans une veine, je manquais de tourner de l'œil…

– Mais, quel rapport avec Cahors ?

– Oh, Cahors, c'était juste pour s'éloigner un peu de Pau, où vivent les parents de Julien… Un peu mêle-tout ; enfin, quand je dis « un peu »… Et puis je n'avais pas précisément le profil de la femme dont ils avaient rêvé pour leur fils chéri. Pas assez intello, pas assez de diplômes, pas assez bosseuse, pas très bonne ménagère non plus… Bref, rien n'allait. Mais on est tombés raides dingues de cette ville, tous les deux… Juste la bonne taille ; la paix ; la beauté… La liberté.

– Et pourquoi Paul, alors ?

– La même raison qui nous a poussés à nous marier très vite. Le problème, c'est que Julien ne s'est pas contenté de passer le C.A.P.E.S., cet idiot : il l'a eu ! Bref ; la catastrophe...

– Euh... Je ne suis pas sûr de suivre, là ?

– Et bien, la première année, un prof reste dans son académie d'origine. Il a été nommé à Montauban ; 60 km matin et soir, c'était compliqué mais jouable. Par contre, on savait que dès la deuxième année, il pouvait être nommé n'importe où en France. Ça a été le cas. Il est à Laon, en ce moment, depuis deux ans. Il l'avait mis en dernier choix parce qu'il a un peu de famille, là-bas, qui pouvait l'héberger. Ça évitait de payer deux loyers. 710 km de trajet. Je le sais : je les ai comptés un par un la première fois où on y est allés en voiture, pour trouver le temps moins long. Julien a failli m'abandonner sur la bande d'arrêt d'urgence de l'autoroute, parce que je faisais ça à haute voix... Inutile de dire qu'il ne rentre que le week-end ; et encore, une fois sur deux. En plus, l'académie de Toulouse est plutôt demandée ; les places sont chères. Or avoir un enfant ou être marié rapporte pas mal de points. Grâce à Paul, il devrait pouvoir revenir dans le coin à la fin de l'année scolaire...

– Je vois... Et toi, tu fais quoi en attendant ?

– Un peu d'intérim. Secrétariat, ce genre de choses. Et je m'occupe de Paul. Bien sûr, j'aurais pu suivre Julien dans le Nord, mais on a déjà eu beaucoup de chance de trouver cet appartement et on ne veut absolument pas renoncer au bail de location, d'autant que le proprio n'exclut pas de nous le vendre d'ici quelques années. C'est ici qu'on veut vivre, pas ailleurs...

Silence, long ; chacun perdu dans ses pensées.

– Au fait... Tu restes combien de temps, à Cahors ?

– Jusqu'à ce que je sente à nouveau cette odeur, je pense.

– Ça risque de prendre un moment... Tu dors où ?

– Dans mon Combi, n'importe où…

– Tu plaisantes ? Avec le froid qu'il fait ? Julien revient dans 9 jours… Tu n'as qu'à dormir ici, jusque là.

Sourire malicieux. Elle poursuit :

– Dans le canapé, bien sûr… Pour ce qui s'est passé à Bayonne en 2013, il y a prescription… D'ailleurs, qu'est-ce qu'il s'est passé ? Tu te souviens de quelque chose, toi ? Non, hein ? Je dois confondre avec quelqu'un d'autre… Et puis, j'ai mon petit garde du corps – elle désigne Paul.

– Euh… C'est gentil, mais il faudrait peut-être en parler à ton mari, tu ne crois pas ?

Bérangère n'hésite pas. Saisit son smartphone. Voix d'homme, que Phi perçoit. Elle explique la situation, écoute sa réponse. L'embrasse.

– Pas de problème : c'est réglé. Tu n'as plus qu'à aller chercher ta trousse de toilette dans ton Combi parce que, ce n'est pas pour être désagréable mais tu sens un peu le fauve, quand même…

Elle rit. Phi l'imite, sans retenue.

Interlude

Phi a pris une douche, pendant que Bérangère donnait à manger à Paul. A revêtu des habits raisonnablement propres. Elle :

– Tu veux manger quoi, ce soir ?

– Peu importe… Ce qu'il y a dans tes placards…

– Ça va être rapide : rien…

– ???

– Non, je plaisante… Mais il n'y aura pas le nécessaire pour que tu puisses à nouveau m'épater avec tes dons de cuisinier. Je crois qu'il va falloir te contenter des plats préparés qu'il y a dans le congélateur. Parce que, autant je suis attentive à la nourriture de mon p'tit bout, autant je me moque complètement de ce que j'avale. Je veux juste que ce soit rapide à préparer et que ça n'occasionne pas trop de vaisselle.

Phi va inspecter les placards de la cuisine ; effectivement, ce sera paëlla surgelée pour deux, après passage au micro-ondes…

Paul est endormi. Repas rapide ; juste le temps pour Bérangère de questionner Phi sur son travail, ses occupations, ses loisirs. Il n'a pas poursuivi, après le bac ; non qu'il se soit senti dépassé, mais il y avait déjà quelque temps que les études l'ennuyaient. Avait besoin de nature ; de se dépenser. Finalement, il a complètement bifurqué pour passer un C.A.P. de jardinier paysagiste en alternance.

Elle ne lui demande pas s'il vit en couple : le fait qu'il parte seul au hasard sur les routes semble suffisant pour la convaincre du contraire. Mais c'est sans importance : Phi est séduisant, suffisamment pour que cette carence ne soit que passagère. Si les études ne les avaient pas séparés, Bérangère ne se serait sans doute pas opposée à ce qu'ils arpentent encore un peu de chemin ensemble. Mais pas une vie entière, tout de même. Étant aussi rêveurs et insouciants l'un que l'autre, elle était consciente qu'ils n'auraient jamais pu construire quelque chose de solide ; maison de planches disjointes sur fondations de sable.

La vaisselle faite, la conversation s'interrompt. Il est plus sage, raisonnable de laisser quelques sujets inexplorés pour les jours suivants, au cas où Phi s'attarderait un peu.

––––––––––––

– Scrabble ou échecs ? On ne va tout de même pas regarder la télé...

Phi sait que l'orthographe n'est pas son fort, notamment les doubles consonnes, récifs traîtres à fleur de mots qui rendent hasardeuse l'écriture de ses phrases. Choisit les échecs.

Ni l'un, ni l'autre ne sont doués à ce jeu. Ils manquent de rigueur, d'esprit d'anticipation. Comment prévoir le déroulement d'une partie cinq coups à l'avance quand on est déjà incapable de se projeter dans l'avenir au-delà de quelques heures ? Les chances sont donc raisonnablement équitables.

Ils gagnent tous les deux une partie, constatent que l'heure leur permet à chacun de regagner son lit sans se montrer discourtois.

Quelques minutes suffisent à Bérangère pour déplier le canapé, tendre quelques draps et placer une couverture.

S'excuse : elle sera probablement obligée de le réveiller, demain matin. La cuisine est ouverte sur le salon et il faudra faire déjeuner Paul, préparer son propre café. Lui propose des boules « Quies ». Phi les juge inutiles : il lui suffira de s'enfouir la tête sous les draps.

Elle l'embrasse, rejoint sa chambre ; en referme soigneusement la porte.

_____

Six heures. Phi entend à peine Bérangère se glisser pieds probablement nus dans la salle de bains, refermer la porte avec délicatesse, prendre sa douche. Intuition – plus que certitude – d'une présence, tant le bruit est ténu. Une heure, déjà que le sommeil l'a abandonné. Juste par désœuvrement et parce que l'obscurité l'empêche de porter ses pensées sur autre chose, essaie de se remémorer son corps, explore sa mémoire pour y retrouver de petites imperfections touchantes. Rien de plus insipide à ses yeux qu'une femme parfaite, aux lignes calibrées, sans aucune aspérité pour accrocher le regard. Qui aurait envie d'enlacer une statue grecque ?

Le bruit d'eau a cessé ; elle doit s'habiller, maintenant, se maquiller.

La porte de la salle de bains s'ouvre. Il tire à la hâte les draps sur sa tête, pour simuler le sommeil.

Elle n'a allumé qu'une lampe d'appoint pour ne pas le réveiller. Prépare son café, le déjeuner de Paul, avec des précautions attendrissantes pour ne pas entrechoquer les tasses, les bols, les couverts.

Vers 7 heures, elle regagne la chambre de l'enfant pour le réveiller, le vêtir.

Bien sûr, lui ne voit pas l'utilité de faire preuve de la même discrétion que sa mère.

– Maman ! Trop chaud, le chocolat... Et j'aime pas les gâteux ; Paul en veut à la fraise...

– *Gâteaux* à la fraise, tu veux dire, chéri ?

– Oui, Maman...

– C'est qui, le Monsieur, dans le lit ?

– Ne parle pas trop fort, chéri... Il ne faut pas le réveiller. C'est quelqu'un qui était au lycée, avec Maman.

Paul, docile, baisse d'un ton. Murmure presque...

– C'est quoi, « lycée » ?

– Comme la crèche ; mais plus tard... Beaucoup plus tard...

– Quand, je serai vieux ?

– Oui, c'est ça, Ma Pomme…

Phi entend Bérangère prendre Paul dans ses bras, l'embrasser.

———————————

Huit heures ; ils sont partis. Amusant… La scénette lui a presque donné l'envie d'avoir un enfant. Un jour… Plus tard.

Huit heures dix. Il prend son café. Ouvre grande la fenêtre pour voir s'il perçoit quelque odeur significative. Mais le vent est absent. Rien que les fragrances normales d'une rue ; fumée des pots d'échappement, essentiellement.

Bérangère ne lui a pas laissé de mot. Ne rentrera pas à midi, probablement ; ne lui a pas donné de rendez-vous.

Rejoint à pied le supermarché le plus proche, pour acheter les ingrédients nécessaires à un repas décent. Bien sûr, il ne trouvera pas ici de quoi préparer un vrai repas landais, ou basque. Achète de quoi préparer des bouchées de foie gras quercynois poêlées au caramel de Malbec, du tataki de filet de veau sous la mère, recettes évidemment dénichées sur internet avec son smartphone – qu'il devient urgent de recharger. Rajoute donc un chargeur U.S.B. pour prise 220 V.

Il rejoint l'appartement. Bérangère a omis de lui laisser les clés de l'imposante porte du rez-de-chaussée. Heureusement, elle ne semble jamais fermée.

La pluie, obstinément. Fine, verticale, froide. Pas un jour à flâner le long des berges du Lot. Il passera sans doute une bonne partie de la journée reclus dans l'appartement. Une pensée subite lui vient. Il repart sous l'ondée jusqu'au supermarché, en revient avec une carte de France, une règle, un porte-mine, un rapporteur, une gomme. Déploie la carte sur la table du salon.

À Hossegor, l'odeur venait du nord-est. Trace au rapporteur un angle de 45° par rapport à une horizontale passant par sa maison. Obtient une ligne frôlant Périgueux, Guéret, Nevers. A aussi senti le parfum d'herbe à l'entrée d'Agen, la veille, mais ne sait pas d'où provenait le vent.

Plutôt que de taper laborieusement sur le clavier numérique de son smartphone, il allume l'ordinateur de Bérangère qu'elle n'a pas jugé utile de munir d'un mot de passe. Lance internet. Il lui faut près d'une demi-heure pour trouver ce qu'il cherche : « infoclimat.fr » ; un site répertoriant pour n'importe quelle date donnée la température moyenne, la pluviométrie et même la direction du vent pour chacune des 554 stations météorologiques de France métropolitaine.

Hier matin, à Agen, le vent venait du nord-nord-est.

Se repenche sur la carte, trace une nouvelle horizontale, passant par Agen, cette fois, un nouvel angle. Obtient une seconde ligne effleurant Bourges, Gien. Tiens ! Même Laon. Coïncidence amusante…

En tout cas, les deux droites se croisent approximativement à Guéret, dans la Creuse.

Mais Phi est pleinement conscient que tout son travail de recherche n'est qu'un jeu de l'esprit vain et stérile. Dire que le vent vient du nord-est ne signifie pas qu'il se déplace en formant exactement et avec obstination un angle de 45° par rapport à l'horizontale. À la différence de l'horaire des marées, le vent n'est pas psychorigide… Plutôt un élément fantasque, insoumis. La marge d'erreur doit excéder aisément les 10°, en plus ou en moins, d'autant qu'il peut localement tourbillonner en s'égarant entre deux coteaux ou en suivant le cours d'une vallée. S'il tient compte de cela, il obtient dans le meilleur des cas non plus deux droites mais deux secteurs angulaires dont l'intersection contient certes Guéret, mais aussi Limoges, Nevers, Auxerre, Troyes…

Peut-être même Liège ou Copenhague ; sa carte ne s'étend pas jusque là…

Il la replie, range son matériel d'écolier, éteint l'ordinateur.

Met son smartphone en recharge, pendant qu'il y pense.

———————

Bérangère revient à la nuit, Paul à son bras. Embrasse Phi en souriant, l'interroge sur sa journée tout en préparant le goûter de son fils.

Ils jouent un moment par terre, tous les trois, sur le tapis en jonc de mer.

Paul se lasse rapidement, réclame la télé, ou un D.V.D. déjà mille fois vu. Bérangère privilégie la seconde option : vérifier la pertinence des programmes sur les multiples chaînes pour enfants prendrait trop de temps. Paul s'installe sur le canapé, tenant dans ses bras un petit cheval en tissu. A déjà oublié leur présence, déserté la galaxie des adultes.

Pendant le repas, Bérangère l'interroge sur leurs anciens camarades de lycée. Elle-même en a revu quelques-uns à Pau ; cite des noms qui n'évoquent rien à Phi, ou si peu... Il ne garde de ses années à Bayonne que le souvenir de quelques personnes ; elle, bien sûr... Sig et Ninon, qui étaient de la même promotion qu'eux.

– Sig et Ninon... Oui, je me souviens d'eux ! Ils étaient ensemble depuis la première, non ? Un couple adorable, évident, presque obligatoire... Ça a duré ?

Phi rit.

– Oui, oui... Ils sont toujours en couple. Ils devaient être mieux assortis que nous.

– Eh ! N'exagère pas ! Tu vas bientôt dire que c'était une torture de sortir avec moi !

– T'inquiète… Contrairement à d'autres, toi, tu ne m'as laissé que de bons souvenirs…

Bérangère dévie la conversation avant que le terrain ne devienne glissant, périlleux…

– Et ils ont eu des enfants ?

– Pas encore, mais apparemment, le projet est à l'étude… J'y pense, tu aurais pu croiser Ninon, à Pau… C'est là qu'elle a fait ses études de Lettres…

– Non, pas vue… Mais c'est grand, Pau… Pas loin de 200 000 habitants avec la banlieue, 13 000 étudiants… En tout cas, ça me ferait plaisir de les revoir.

– Remarque, si tu veux, on peut faire un petit tour sur Skype ; il suffit que j'envoie un S.M.S. à Sig…

– Ben, tu vois que tu peux avoir de bonnes idées, quand tu veux… Tu fais ça, pendant que je débarrasse la table et que je lance le lave-vaisselle ?

Phi sort son smartphone d'une main ; de l'autre, allume l'ordinateur de Bérangère.

Cinq minutes à peine… Ninon et Sig apparaissent sur l'écran… Bérangère n'est pas encore revenue.

– Salut, Phi ; tu es où là ? On commençait à s'inquiéter !

– Cahors… Pas mal, pour une ville qui n'a même pas vue sur la mer…

Phi entend Bérangère protester dans la cuisine.

– Et pourquoi tu voulais nous voir ?

Phi devine l'ombre de Bérangère qui approche une chaise pour s'asseoir à côté de lui.

– Surprise !

Bérangère apparaît à l'écran. Un instant, Phi a l'étrange sensation de voir Ninon se crisper... Pâlir, même. Sig :

– C'est pas vrai ! Bérangère ! Attends une seconde ; je vais retrouver... Ah ! Je l'ai... Bérangère Silin ; 2012 ou 2013... Bayonne.

– Tout bon. Sauf que, maintenant, ce n'est plus Silin mais Dutilleul. Je me suis mariée, entre temps, et j'ai un fils ; mais il dort déjà...

Le visage de Ninon vient de se détendre, étrangement.

Évocation de souvenirs.

Bérangère a extrait d'un tiroir une enveloppe contenant de vieilles photos du lycée, qu'elle présente l'une après l'autre devant la webcam ; pose convenue et maniérée de tous les élèves, le jour de la photo de classe, ou instants dérobés lors d'une soirée, d'une sortie pédagogique. S'exercent à retrouver des noms, supputer des destinées.

Ninon et Sig, sur l'un des clichés, s'embrassant sur le dernier rang du bus scolaire. Sig :

– Ouah ! Tu me l'enverras, celle-ci Bérangère ? Je ne l'avais jamais vue... Elle manque à ma collection...

S'adressant à Ninon :

– Et puis elle confirme ce que je pensais : j'ai toujours eu des tendances masochistes… Sinon je ne vois pas comment j'aurais pu me mettre avec toi, vu la coupe de cheveux que tu avais à cette époque…

Elle :

– Un mot de plus et je décris les slips moulants que tu portais, quand je t'ai rencontré, supposés mettre en valeur le matériel !

Sig, de nouveau ; maladroit ou, au contraire, provocateur :

– Tiens, au fait… Je n'ai vu aucune photo de Phi…

Les joues de Bérangère se teintent d'une rougeur légère, sans doute à peine perceptible pour Ninon et Sig. Peut-être pas pour Phi.

– Ah, oui… En effet… J'ai dû les perdre…

Bérangère ne peut s'empêcher de visualiser l'enveloppe ; enfin, l'autre… Celle fermement scotchée – en dix points, au moins – sous le tiroir du bas de son bureau, et dont elle repousse d'année en année l'instant de se séparer. Il est des souvenirs irremplaçables – lettres, petits mots, images – difficilement compatibles avec une vie maritale paisible et harmonieuse. Mais s'en séparer serait comme amputer une part de sa vie, de sa mémoire ; irrévocablement… Peut-être Julien a-t-il dissimulé l'équivalent quelque part, mais le hasard est prévenant qui lui aura fait choisir un autre emplacement, une autre cachette.

———————————

Avant d'aller se coucher, Bérangère l'embrasse.

– Il était très bon, ton repas, Phi ! Vraiment !

S'éclipse.

———————————

Un S.M.S. de Sig, une heure plus tard :

– *Il est réglé, ton problème, Phi ?*

– *Non... Pourquoi ?*

– *Comme ça... Pour savoir.*

Choix

Six heures. Phi perçoit le bruit du réveil dans la chambre de Bérangère. Attend qu'elle se soit enfermée dans la salle de bains pour se lever. Il n'a pas l'intention de mimer le sommeil, ce matin. Va préparer le café, sort deux tasses ; rien pour Paul : il ne sait pas ce qu'elle utilise pour lui donner son petit-déjeuner ; sans doute des couverts et un bol en plastique, mais lesquels ?

Le café a fini de couler ; il s'en sert un peu, saisit sur une étagère un guide touristique de la région et rejoint le canapé. Se recouche par prévenance : rien de plus pénible, quand on est pressé le matin, que d'avoir quelqu'un qui vous encombre, se trouve constamment en travers de votre chemin même s'il pense vous rendre service. Il feuillette le guide ; la région n'est pas avare de centres d'intérêt, de lieux de visite.

Bérangère apparaît, habillée et maquillée : prête.

– Eh ! Tu es déjà réveillé, Phi !

– Oui, mais ne t'inquiète pas : j'attendrai que vous soyez partis pour me lever vraiment.

Tu t'en vas ?

Phi croit deviner une touche de déception, dans sa voix.

– Non, sauf si le vent se lève ou que tu en as marre de m'avoir dans les pattes…

Bérangère sourit…

– Non. Tu sais, ce n'est pas toujours drôle de passer ses soirées toute seule... La télé, toujours la télé... C'est monotone...

– S'il ne pleut plus, je pensais aller visiter Saint-Cirq-Lapopie, aujourd'hui...

– Excellent choix : en cette saison, il ne devrait pas y avoir trop de monde... Bon, par contre, pas mal de boutiques seront fermées...

– Pas grave.

– Au fait, ne rate surtout pas la balade à pied jusqu'à Bouziès, par le bord du Lot. Le chemin de halage est juste à tomber...

Bérangère finit à la hâte son café ; est déjà dans la chambre de Paul...

Le garçon apparaît, en pyjama. Se frotte les yeux pour en chasser les brumes du sommeil.

– Il est réveillé, le Monsieur ?

Phi :

– Bonjour, Paul !

– Paul peut parler, alors ?

Bérangère :

– Oui, mon chéri... Tu peux...

Elle l'aide à déjeuner ; s'adresse alternativement à Phi et à son fils, dans une conversation un peu décousue ; *allez : encore un peu ; ne perds pas ta journée à faire à manger, je passerai chez le traiteur, au retour ; oh ! Non ! Tu as tout renversé sur ton pyjama ; tu as de la chance : je crois qu'il va faire beau, aujourd'hui ; allez, viens : on va t'habiller et te brosser les dents...*

– Pas la peine de débarrasser la table, Bérangère. Je le ferai ; et je ferai la vaisselle.

Voix depuis la chambre de Paul :

– Merci !

Déjà, elle a mis son manteau, enroulé une écharpe au cou de son fils, qui lui monte presque jusqu'au nez ; enfilé ses chaussures, ouvert la porte.

– À ce soir, Phi !

—————————————

21 heures. Paul est couché, déjà. Journée superbe ; le soleil a été généreux, a réchauffé Phi tout au long de sa balade.

Pour le repas, Bérangère a acheté des samoussas d'agneau du Quercy à l'orientale. Il a bien aperçu cette recette sur internet, la veille, mais elle demandait une journée de préparation. A donc renoncé.

Elle a aussi ouvert pour l'occasion une bouteille de vin de Cahors, épicé et boisé ; a rempli deux fonds de verre...

– Bon, maintenant, tu connais à peu près tout de ma vie ; Julien, Paul. Si tu me parlais un peu de toi, ce soir...

– À propos de quoi ?

– Tu m'as déjà parlé de ton travail, du surf… Mais je ne sais même pas où tu habites.

– Toujours dans la maison de mes parents, à Hossegor. Enfin, quand je dis la maison de mes parents, c'est plutôt l'ancienne.

Il s'interrompt pour avaler une bouchée, boire une larme de vin.

– Tu sais que mon père a toujours bien gagné sa vie, dans sa boîte ; très bien, même, vu qu'il était directeur régional pour le sud-ouest. Il y a cinq ans, on lui a proposé le poste de directeur général pour la France. Difficile à refuser mais, pour ça, il fallait monter à Paris. Il s'est donc offert un duplex de 150 m^2 dans le 14ème, tout en gardant la maison d'Hossegor. Moi, je suis resté là : je n'avais pas fini mes études à Bayonne. Et, surtout, à Paris, il n'y a pas l'océan…

Il entame un autre samoussa.

– Au début, mes parents descendaient une ou deux fois par mois… Mais ils se sont rapidement aperçus qu'Hossegor est loin de Paris… Très loin. Ils ont progressivement cessé de venir en me laissant la maison. De toute façon, il n'y avait pas nécessité de la revendre : ce n'est pas l'argent qui leur manquait. Et heureusement, car je n'aurais jamais pu me la payer ; ni même la louer. Déjà que j'ai du mal à régler la taxe d'habitation… Maintenant, c'est moi qui monte les voir, deux ou trois fois dans l'année, pour les fêtes.

– Tu n'as pas de copine, en ce moment ?

Une ombre s'attarde sur le visage de Phi.

– Non… Plus depuis octobre…

– Il s'est passé quoi, si ce n'est pas indiscret ?

Phi, hésite ; se livre, finalement. Explique sa psychose, les conséquences qu'elle engendre. Bérangère l'écoute, attentive…

– Et ça fait combien de temps que ça dure ?

– Depuis toujours, en fait.

Bérangère médite.

– C'est curieux ; je n'ai aucun souvenir de ça ; de t'avoir vu dégoûté à l'époque où on était ensemble.

– Simple : on ne s'est jamais réveillés un matin dans le même lit. On a toujours fait ça dans l'après-midi, chez tes parents, avant qu'ils ne rentrent du boulot.

– C'est vrai que toi, tu étais à l'internat… On pouvait difficilement le faire ailleurs… Et dès qu'ils revenaient, tu faisais semblant de m'aider à bosser mon Anglais, alors que tu étais aussi nul que moi…

Bérangère éclate de rire… Remplit à nouveau les verres.

– Il y a une seule fois où on a failli se faire coincer ; je ne sais pas si tu te souviens… À l'époque, tu étais passionné de photo… Tu avais insisté, insisté encore pour faire mon portrait.

Bérangère réfléchit, le temps d'extraire un à un les souvenirs enfouis dans sa mémoire…

– Moi, je n'étais pas partante… Je voyais très bien comment ça allait finir…

Phi se déride de plus en plus ; le vin, peut-être, ou l'évocation du passé…

– Oui… J'avais encore mon bon vieux Nikon FM2, à l'époque… Mais je te jure que je n'avais rien prémédité – il mime un air offusqué.

– C'est ça, oui – Bérangère se fait narquoise… Au début, c'était bien propre, prude, genre « Studio Harcourt » ; visage pensif de profil à la lueur d'une fenêtre, parce que tu n'avais pas de flash… Et puis, rapidement, il a fallu que je dénude une épaule, que je montre une cuisse… Bref, une heure plus tard, j'étais à poil devant le miroir ovale de la chambre de mes parents, faisant semblant de m'observer dans la glace sous la lumière du velux.

– Et là, je t'ai demandé de soulever tes cheveux à deux mains pour qu'ils ne masquent pas le visage.

– Ben tiens ! Si tu crois que je n'ai pas compris que c'était surtout pour que mes bras ne viennent pas cacher le reste !

– Tu me prêtes des intentions, là ! C'était une photo très convenable, d'ailleurs ; juste suggestive… Je ne te voyais que de dos – bon, des pieds à la tête, d'accord – mais le reflet dans le miroir était à peine perceptible du fait de la profondeur de champ quasi nulle. Mon vieux 50 mm AI-S ouvrait à f/1,2…

– Et c'est là qu'on a entendu la voiture de mon père arriver… On n'avait pas vu le temps passer, avec tes bêtises…

– Le temps de te rhabiller, ça a été moins une… Je crois même que je tenais le livre d'Anglais à l'envers quand il est entré dans ta chambre…

– Ah, oui, c'est vrai.

Ils rient, bruyamment, au risque de réveiller Paul.

– Enfin, je suppose que tu n'as jamais osé aller faire développer ta pellicule chez un photographe…

Phi la regarde, surpris…

– Pour quoi faire ? Il y a toujours eu un très bon labo photo, dans la maison de mes parents.

Bérangère, sidérée…

– Tu ne vas pas me dire que…

– Que je l'ai encore ? Si bien sûr ; chez moi… Très réussie, d'ailleurs, je dois dire. Une des plus belles que j'aie faites. Je l'avais même tirée en 42 × 28 cm, à l'époque, parce qu'elle était particulièrement nette.

Bérangère Improvise un rôle de femme en furie, pilonne le bras de Phi à petits coups de petits poings rageurs.

– Espèce de pervers ! Tu vas me faire le plaisir de la brûler avec le négatif dès que tu seras rentré chez toi…

Phi s'amuse…

– Oui, oui, promis ! Arrête ! Et je peux te jurer que personne d'autre que moi ne l'a vue !

Bérangère cesse de gesticuler, reprend son souffle ; reverse un peu de vin dans les verres.

– Ah ! Ça fait du bien, de rire, comme ça...

Ils continuent à raviver leurs souvenirs, retrouver des anecdotes. Longtemps.

La bouteille de vin est vide, maintenant... Une autre a pris sa place, déjà largement entamée. Elle :

– Tu te souviens, la première fois où on s'est embrassés ?

– Facile : au C.D.I., dans le petit recoin où il n'y avait que des livres de Maths. Il n'y avait jamais personne, là...

Ils se taisent, perdus dans leurs pensées. Savent sans doute que cette discussion ne leur apportera au final que des regrets. Rien de plus aisé que de retrouver une aiguille dans une botte de foin : il suffit de mettre le feu à la paille, il ne restera que l'aiguille parmi quelques cendres. C'est naïveté, par contre, de rechercher l'émotion d'un moment passé... Créée par l'instant, elle trépasse en même temps que son géniteur.

La vie est scélérate, qui nous illusionne en nous encombrant de rétroviseurs alors qu'il n'existe pas de marche arrière...

———————————

Phi regarde sa main gauche. La main droite de Bérangère est venue la recouvrir, l'enserrer. Ils se fixent en silence, durant quelques siècles.

Lui a entendu un bruit...

Peut-être.

Peut-être pas...

– Ce n'est pas Paul que j'entends pleurer, dans la chambre ?

Bérangère est brusquement expulsée du rêve, s'écrase le visage sur la réalité. Elle-même n'a rien entendu mais se relève, très vite, se dirige vers la porte, l'entrouvre. Dans son lit, Paul dort paisiblement.

Phi fixe le sol, l'air épuisé comme s'il venait de mener une lutte éreintante. Bérangère le rejoint, s'assied à son côté ; elle aussi défaite, exténuée.

Lui :

– Je partirai demain matin. Je crois que le vent s'est levé.

– Oui.

———————

Phi ne s'est endormi qu'à l'aube. C'est à peine s'il a entendu Bérangère partir, avec Paul.

Sur la table, une feuille de papier pliée en deux.

Très cher Phi,

Cette nuit, tu m'as fait le plus beau cadeau qu'on puisse faire à une femme : l'empêcher de commettre une erreur, l'Erreur ; de passer le reste de sa vie dans le remords d'un instant d'aveuglement.

Finalement, c'était peut-être toi le plus mûr de nous deux.

Pour ce don sans prix, je t'aime…
Mais uniquement pour ça, bien sûr ! Ne va pas t'imaginer autre chose ! Si ? Non !

Je te souhaite bonne route ; et surtout bon vent, dans tous les sens du terme ; tu me comprends...

Et puis tiens, pour te remercier : la photo…
Si tu le désires, garde-la ; in memoriam.

Bérangère

Fuite

S.M.S. envoyé à Sig, avant de mettre le contact :

Je repars. Vers le nord.

Il est des départs choisis, désirés. Celui-ci ne l'était pas. Juste nécessaire et contraint. Il va prendre la route de Guéret ; 3 h 30 de trajet s'il se réfère à internet. Et après ?

En saisissant ses clés pour ouvrir son Combi, tout à l'heure, il a senti la lettre de Bérangère, pliée en deux au fond de sa poche. Bien sûr, elle aussi, il la gardera ; le rangera auprès de la photo. Retrouvera les deux, un jour, par hasard ; sans l'avoir souhaité, en tout cas. Cela le fera sourire, sans doute, avant qu'il ne s'empresse de les remettre à leur place et de refermer le tiroir pour y claustrer ce ferment de mélancolie.

Fuir Cahors, déjà… L'urgence est là.

Pas question de prendre l'autoroute, bien sûr. Par goût, un peu ; plus probablement pour différer l'instant de la désillusion, du constat d'échec. Guéret est situé vers le Nord ; il se contente de faire afficher la boussole sur son smartphone et prend cette direction en suivant les routes les plus improbables. Après deux heures de chemins tortueux, de demi-tours nécessaires, il parvient à Montfaucon. Là, il aperçoit un panneau de signalisation qui pointe la direction de Rocamadour, vers la droite. Il avait aperçu ce nom sur le guide touristique, chez Bérangère ; met son clignotant et oblique.

Depuis qu'il a quitté Cahors, Enéa s'est imposée plusieurs fois dans son esprit, contournant les défenses qu'il avait patiemment édifiées depuis leur séparation ; lignes Maginot dérisoires... Pas son visage ni son corps ; plutôt le souvenir d'émotions qu'elle avait fait naître et qu'il avait à peine perçues, avant, lorsqu'elle était près de lui. Le manque d'elle, par exemple, qui lui avait paru n'être que l'expression d'un désir inassouvi. Phi s'efforce de porter toute son attention sur la petite route sinueuse, non par peur de perdre le contrôle de sa fourgonnette mais cela évite à son esprit de vagabonder inutilement.

Il parvient à Rocamadour par la rive sud de l'Alzou. La première vue de la cité mariale le heurte avec violence, le prive de respiration. Il gare à la hâte son Combi sur le bord de la route. Consacre de longues minutes à se convaincre que cela est réel ; simplement possible. Contempler.

Ne sort pas son Nikon. On peut figer sur du papier un paysage ; pas une émotion, un vertige.

Le vent vient du sud, aujourd'hui.

Il repart, va garer son Combi parking de l'Hospitalet pour rejoindre à pied le parking du château, le chemin de croix.

Phi n'a jamais ressenti la nécessité d'un sentiment religieux ; n'est donc transpercé d'aucune lumière divine en traversant les multiples sanctuaires, chapelles, basiliques. Par contre, le fait que l'homme ait pu réaliser de tels prodiges avec ses seules mains et quelques outils insignifiants l'éblouit, lui donne foi en la vie. L'impossible est parfois accessible... Alors pourquoi serait-il utopique de retrouver l'origine d'une émanation venue de nulle part, inexplicable en cette saison, et qui a déjà tant étiré le cordon ombilical le liant à sa chère mer océane ?

Il repartira pour Guéret demain. Pour l'instant, il va consacrer le reste de la journée à visiter les boutiques de la ville basse, remonter les 216 marches du chemin de croix. Et dormira à l'hôtel, ce soir. Non que la température soit trop basse pour qu'il reste dans son Combi, mais il veut sentir autour de lui l'atmosphère du site ; espère y percevoir des ondes, des vibrations augurant d'une destinée favorable. Penser à Enéa, peut-être aussi.

―――――――――――

Vers 10 heures, il quitte Rocamadour et prend la route la plus directe pour rejoindre la préfecture de la Creuse. Il est temps maintenant d'affronter la réalité, de mettre un point final à cette quête insensée. Ce soir, il saura si le but est atteint, s'il faut chercher dans une autre direction ; ou tout simplement abandonner, repartir. Au niveau de Brive-la-Gaillarde, l'odeur d'herbe lui parvient.

Il gare son Combi sur le bas côté. Détermine d'un doigt humide l'origine du vent, met en marche la boussole de son smartphone : la brise vient du nord. Aussi improbable que cela puisse être, il semble qu'il se dirige dans la bonne direction.

S'approchant d'Uzerche, cependant, le sourire qui illuminait son visage depuis Brive s'altère. La senteur semble s'estomper doucement, devenir moins prégnante. Il stoppe de nouveau sa fourgonnette pour tester le vent qui n'a apparemment pas changé de direction, ni d'intensité ; repart. Parvenu à Meilhards, aucune fragrance n'est plus perceptible.

Il s'arrête à l'écart de la route pour se faire réchauffer une conserve à l'arrière du Combi, boire un café, réfléchir.

S'il avait suivi la direction correcte mais avait dépassé le but, le parfum serait devenu de plus en plus perceptible et aurait brusquement disparu. C'est donc qu'il a progressivement dévié de la bonne route à un instant donné.

Il fait afficher une carte de la région sur son smartphone. Peut-être aurait-il dû prendre la direction de Limoges au Mas du Puy ?

Plutôt que de faire demi-tour, il décide de rejoindre l'autoroute A20 au niveau de Magnac avant de se diriger vers Limoges. Et si, à Magnac, aucune odeur n'est perceptible, il prendra la direction Sud.

À Saint-Germain-les-Belles, l'odeur d'herbe humide est de nouveau perceptible. Il prend donc la direction nord par la D7 bis. Phi se résout à ouvrir grandes toutes les fenêtres de son Combi et laisser s'enfuir le peu de chaleur de l'habitacle, pour voir si l'intensité du parfum s'accroit ou, à l'inverse, s'affaiblit.

La route est presque déserte ; à peine double-t-il quelques tracteurs, de loin en loin.

L'exhalaison semble de plus en plus entêtante ; il passe sa tête par la fenêtre pour s'en assurer. N'aperçoit qu'au dernier moment le virage, juste à temps pour garder le contrôle, ne pas quitter la route. La courbe passée, voit une petite voiture verte qui se dirige vers lui, empiétant largement sur le mauvais côté de la départementale.

Phi ne klaxonne pas pour prévenir l'autre conducteur du danger ; a horreur de tout bruit inutile et n'a donc aucune idée d'où se trouve l'avertisseur sonore. N'en a jamais utilisé un de sa vie.

Ne reste qu'une possibilité : donner un brusque coup de volant à droite pour rouler sur le bas côté au risque de finir sa route dans le fossé.

Au dernier instant, l'autre véhicule a fait de même. Ils s'effleurent sans se percuter, ni même s'érafler. Phi parvient à stopper son véhicule sans le faire déraper dans l'herbe boueuse ; coupe le contact le temps de laisser son rythme cardiaque s'apaiser. Dans le rétroviseur, il voit que l'autre véhicule a fait de même, 200 mètres plus loin. Il est parvenu, lui aussi, à ne pas quitter la route.

Phi s'apprête à repartir, mais ne perçoit aucun mouvement dans la voiture verte. L'autre conducteur a-t-il fait un malaise ? Il descend du Combi pour s'en assurer, fait quelques pas. Une anomalie l'arrête. Il hume l'air froid à puissantes inspirations. Toute odeur a disparu, alors qu'elle était encore très vive il y a quelques minutes. Le vent aurait-il tourné ? Il ne semble pas.

À cet instant, il voit la portière de la voiture s'ouvrir ; une femme en descendre, jeune, autant qu'il puisse en juger à cette distance. Une robe, aux couleurs étrangement vives et claires pour la saison, apparaît dans la brèche de son manteau entrouvert. Elle hésite ; semble avoir perdu son orientation, ses repères. Prend apparemment conscience de la présence de Phi, maintenant ; son regard s'est figé dans sa direction.

Ils se dirigent l'un vers l'autre ; s'arrêtent quand quelques mètres les séparent encore, comme s'ils voulaient se prémunir d'un contact, d'une contagion. Ou pour ne pas effaroucher l'autre, qui pourrait prendre peur d'une trop brusque proximité, d'une effraction de son espace vital. C'est elle qui parle, en premier.

– Bonjour ! Désolée ! Je crois que j'ai failli vous faire attraper un accident, là !

– Vu la taille de votre voiture, je pense que c'est vous qui auriez eu le plus de dégâts…

Elle jette un œil distrait vers son véhicule, puis vers celui de Phi.

– Oui ; n'empêche, je n'ai pas d'excuses. Je pensais à autre chose. Je n'étais pas concentrée sur ma route.

Son visage trahit la lassitude ; murmure le renoncement. Yeux en errance qui semblent chercher sans méthode des signes dans le paysage, dans l'horizon des collines.

Phi, moue désabusée :

– Ça m'arrive aussi, ces temps-ci…

Le regard de la femme s'est stabilisé, finalement. Le dévisage. Elle s'agace, maintenant, contre elle-même. Son débit se précipite, trébuche sur certains mots. Ruptures de rythme, de tonalité…

– Je suppose qu'au moins, vous, vous avez de bonnes raisons… Parce que les miennes ! Pour vous dire : ça fait des jours que je parcours la région à la recherche d'une odeur.

– D'une odeur ? Quel type ?

Sa bouche s'entrouvre, ne produit pas de parole. Elle s'apprêtait à l'évidence à formuler des mots, mais le questionnement de l'homme l'a rendue indécise. Quelle importance cette information peut-elle avoir, pour lui ? Ne trouve finalement pas de raison pour ne pas répondre. Reprend :

– D'herbe.

Lui, figé, soudain :

– Vous pouvez préciser ?

Elle, qui s'étonne de cette insistance. Rire nerveux, sans raison apparente. Puis :

– Pas d'herbe qui rend de bonne humeur, bien sûr… D'herbe qui a blondi de sécheresse et qui reprend vie après un orage d'été. De pétrichor, je crois ; il me semble que c'est le mot. En pratique, l'odeur provient de la terre, pas de l'herbe... Un mélange de substances. Mais difficile de s'en rendre compte, si l'on n'a pas étudié le sujet. Je n'arrive plus à penser à quoi que ce soit d'autre. Et ça en plein hiver... Normalement, ce genre d'émanation ça n'existe pas, en cette saison. Ça ne peut pas arriver. Il va vraiment falloir que je consulte un psy, moi...

———————————

Phi a cessé de s'oxygéner depuis tant de secondes, maintenant... Son corps tremble ; de froid, bien sûr... Enfin, peut-être.

Fait un pas vers elle, qui s'en étonne, a d'abord un mouvement de recul instinctif. Qui s'arrête. Réfléchit.

L'imite, finalement. Ils se sont rejoints ; presque.

Hument l'air ; s'approchent encore.

Se flairent, maintenant ; se reniflent, comme deux chatons de fratries différentes qui se découvrent dans la maison de leurs nouveaux maîtres. Se respirent encore avec incrédulité, se sentent... Yeux fermés, bras ballants pour que d'autres sens ne viennent pas interférer, brouiller leur perception. Demeure l'ouïe, bien sûr, mais l'environnement est paisible.

Finissent par se regarder, bien après.

———————————

Sont tous deux assis sur le sol, côte à côte, au bord de la route ; elle, ne se souciant pas de souiller de boue son manteau, Phi n'ayant pas même songé à ce problème. Leurs jambes avaient renoncé à les soutenir.

Lui, le premier :

– Depuis combien de temps ?

– Je cherche ?

– Oui.

– Cette odeur, votre odeur, je l'ai sentie la première fois l'automne dernier, je crois. Le vent venait du sud-ouest.

– Il y a si longtemps que vous êtes partie ?

– Non. Il y a une quinzaine de jours, seulement. Le premier soir, je suis arrivée vers Limoges ; j'y ai passé une nuit, à l'hôtel. Mais le lendemain, le vent était tombé : impossible de savoir où aller. Puisque ça risquait de durer un moment, j'ai loué un gîte, un peu au sud. Plus grand, plus calme, et ça revient au final moins cher que l'hôtel.

Silence durable qui rend Phi impatient, l'irrite.

– Et puis ?

– Et puis j'ai passé mes journées à sillonner la région en quête d'un indice, d'une direction. Mais rien ; toujours pas de vent. Je peux dire que je connais toutes les routes et chemins du coin, maintenant ; y compris celui-ci. Il y a deux jours, j'étais prête à abandonner. Mais hier, d'un seul coup, l'odeur est revenue.

Silence. Elle reprend.

– Tu étais où ?

Le tutoiement est venu, naturel. Phi s'en est à peine aperçu, encore hébété.

– Hier ? Rocamadour. Le vent venait du sud.

– C'est pour ça.

Ils se taisent, tous les deux. Elle :

– Je crois qu'il va falloir qu'on parle.

– Oui. Ici ?

– Dans mon gîte. Il fera plus chaud.

– Je te suis.

PARTIE 4 :
ACCOUPLEMENT

Illuminations. 16 décembre

18 h, presque. Ciel noir balafré des décorations de Noël qui pallient l'absence de lumière, drainent les passants vers l'extérieur malgré le froid. Les fêtes approchant, Heph s'est rendu au centre ville pour chercher un flacon de parfum pour sa mère, peut-être une montre pour son père : malgré la pile neuve, la sienne ne cesse de s'arrêter et il faut la frapper vigoureusement contre un meuble – ou tout autre objet suffisamment rigide – pour la faire redémarrer. Enfin, ce sont les premières idées qui lui sont venues... Peut-être trouvera-t-il quelque chose de plus original aux galeries Lafayette.

Au rayon du prêt-à-porter femmes, le hasard lui fait presque heurter Mila et Justine, qui sont venues faire des courses « entre filles ».

– Tiens, bonjour, Heph !

Justine s'empresse vers lui pour échanger quatre bises.

Mila :

– Eh ! Heph ! Qu'est-ce que tu fais au rayon « femmes » ? Ne me dis pas que tu n'as pas encore acheté nos cadeaux de Noël ; il serait temps de t'y mettre ! Mais si tu hésites encore, on peut te donner des idées !

Elle ne s'est pas déplacée, mais ils se sont déjà vus et salués à « Fenêtres & Clair » tout à l'heure.

– Tiens, ça, par exemple : ça m'irait impeccablement – elle déplie contre elle un petit pull mohair. Et puis – elle regarde l'étiquette – le prix est raisonnable : à peine la moitié de ton salaire. Tu vois, je ne suis pas exigeante !

Heph ne trouve aucune répartie amusante. S'abstient donc…

– En fait, je cherchais le rayon parfumerie, pour ma mère.

Justine pointe son index vers un des angles du magasin.

– C'est par là. Tu sais ce qu'elle met habituellement ?

– Euh, non… À ma connaissance, elle change souvent…

– Si tu veux, on peut t'accompagner pour t'aider à choisir.

– Ça serait sympa, parce que le parfum, ça sort un peu de mes compétences…

Mila :

– Vas-y seule, Justine, parce que, moi, j'ai des courses à faire au rayon lingerie. Je ne tiens pas à ce qu'Heph dise à tous les hommes de « Fenêtres & Clair » ce que je porte comme dessous ; déjà qu'il y en a un paquet qui ont un mal fou à rester concentrés sur leur boulot : je ne veux pas faire couler la boîte…

Justine guide Heph dans les rayons.

– Ah, Mila ! Mila ! On ne la changera jamais !

Pas trace de jalousie ou de réprobation, dans ces paroles. Simple constat qu'elle-même serait incapable de faire preuve d'autant de liberté et d'insouciance.

Une fois définie la personnalité de la mère d'Heph, Justine l'aide à choisir un parfum discret et plutôt raffiné. Pendant qu'elle y est, l'accompagne au rayon « montres » pour le cadeau de son père. Elle-même a déjà fini ses achats, charrie de multiples sacs, heureusement plus volumineux que lourds.

Au retour, traversent le rayon « hommes ». Justine s'arrête devant un pull bleu pétrole, col tunisien et boutonnage particulièrement original.

– Je suis sûre qu'il t'irait bien, celui-là… Tu l'essaies ?

Heph s'étonne muettement d'une telle prise d'initiative : ils se connaissent à peine… Justine semble détendue mais assurée, confiante. Peut-être le fait, à cet instant, de ne pas avoir à appréhender la comparaison avec Mila.

Lui s'exécute, s'observe dans une glace… Effectivement, Justine a fait un bon choix. Excellent, même… Plus qu'à sortir sa carte bancaire…

Mila les attend, près de l'entrée.

Justine, qui propose qu'ils aillent boire un verre chez elle – c'est à deux pas.

Petit deux-pièces cuisine avec balcon en centre-ville, décoré avec une extrême délicatesse dans un style *shabby* chic ; meubles anciens ou de récupération repeints dans des teintes pâles, fraiches et lumineuses, le tout sur parquet assez clair ; abat-jours subtilement vieillots en tissu et dentelle. Impression d'harmonie, de cocon. Justine a du goût, du soin ; doit consacrer beaucoup de temps à parcourir les brocantes pour y dénicher des objets qui rehausseront encore la beauté de son intérieur. Univers totalement féminin ; rien n'évoque la main rugueuse de l'homme. Tout n'est que douceur.

Heph est presque gêné de s'installer dans le canapé, de venir souiller la perfection avec ses habits aux couleurs criardes, sa simple présence de mâle qui suggère la brusquerie, la balourdise.

Mila prend place à côté de lui, l'observe.

– Ah ! Je crois qu'on a perdu Heph, Justine ! Mais c'est vrai qu'être confronté à ta déco sans préparation, sans avertissement préalable, ça fait un choc. Ne t'inquiète pas, Heph, tout va bien se passer. Au fur et à mesure, tes yeux vont s'accoutumer, tu pourras les ouvrir complètement. Si ça ce trouve, demain, tu n'y penseras même plus !

Elle se penche vers l'oreille d'Heph, mime le murmure comme pour un aparté de théâtre.

– Ne te laisse pas avoir, Heph ! Justine a un truc : elle est décoratrice d'intérieur. Alors, entre sa formation, les tonnes de magazines « Maisons de charme » ou « Style et tradition » qu'elle s'envoie, tout le fric qu'elle gagne en roulant ses clients – parce qu'elle leur fourgue des meubles de récup', troués avec des punaises ou de l'acide et rayés au papier de verre en leur faisant croire que ça date des années folles –, même l'âne de Boronali arriverait à faire ça !

Justine lui envoie un coussin aux motifs « rose fanée » à la figure. Parodie de colère, mais regard amusé.

– Et puis, pour la chambre, oublie… Son lit est encore plus beau, mais tellement rongé par les vers de bois qu'il manque de s'effondrer dès qu'on s'assoit dessus. Cinq ans qu'elle dort sur le canapé où on est. Mais il n'est pas convertible, bien sûr, puisqu'au 19ème, ça n'existait pas ! Bon, évidemment, c'est un peu étroit. Ça limite les possibilités d'usage…

– Tu sais que je t'aime, Mila ?

– Tu le sais, que je t'aime, Justine !

Éclats de rire…

– Justine a même proposé de refaire mon intérieur ; mais ce serait du travail perdu : je suis en location, donc je ne vois pas l'intérêt de faire gagner encore plus d'argent à mon propriétaire… En plus, mon lit est déjà limite au niveau solidité… À chaque fois qu'on fait ça à plusieurs, j'ai toujours peur qu'un pied lâche et qu'il y en ait un ou deux qui se cassent la figure…

– Bon, tu arrêtes tes bêtises, Mila ? Qu'est-ce que vous voulez boire ? Peut-être un apéritif, vu l'heure qu'il est ? Mais ce sera Gin-Schweppes… C'est tout ce que j'ai…

– Enfin, de toute manière, mon appartement sera entièrement refait d'ici quelques semaines. Si ça se trouve, ce sera mieux qu'ici !

Justine s'éclipse pour aller chercher le nécessaire dans sa cuisine. Heph regarde Mila avec étonnement.

– Dis donc, heureusement que tu ne racontes pas des trucs comme ça à « Fenêtres & Clair », parce qu'il y a des soupapes de sécurité qui lâcheraient en série…

– T'inquiète… Je me suis fait tatouer en haut de la fesse droite l'aphorisme de Desproges : « On peut rire de tout, mais pas avec n'importe qui » ; juste pour être sûre de ne pas l'oublier.

Poursuit :

– Il faudra que je te le montre, un jour…

Elle éclate de rire…

Heph est incertain. À l'évidence, avec lui, elle peut se le permettre… Pourquoi ? Parce qu'elle le juge définitivement inoffensif ou... ?

Justine revient, avec trois verres pleins et un paquet de gâteaux apéritif. Ils trinquent ; parlent de ce qu'ils vont faire, pour Noël. Justine ira peut-être au ski avec sa famille ; pas sûr, parce que le froid, les nuits à douze personnes empilées dans 20 m^2, la file d'attente pour les toilettes, la douche, les remonte-pentes, elle en a un peu marre ; et elle ne parle même pas des pieds gelés, des 5 heures de bouchons sur la route, de la probabilité non négligeable de passer les fêtes à l'hôpital avec une jambe dans le plâtre… Et tout ça pour le prix d'une semaine de vacances aux Seychelles en formule « *All inclusive* », y compris les cocktails. Bref : elle commence à comprendre la vie.

Mila regarde sa montre.

– Oups ! Le train de Laurent arrive dans dix minutes ; il faut que je file... Salut, Heph ; merci pour l'apéro, Justine !

Elle saisit les sacs contenant ses achats de la journée, passe la porte à la hâte.

Le départ de Mila a été si précipité qu'il laisse Heph interdit, sans réaction. Il regarde son verre, encore à moitié plein. Justine, elle, ne semble aucunement surprise, sirote paisiblement son apéritif.

– Tu veux que j'aille chercher des cacahuètes, Heph ?

– Non, merci, Justine ; tes gâteaux sont parfaits... C'est qui, ce Laurent ?

– Oh... Une sorte de fil rouge dans la vie de Mila. Ça fait bien 7 ans que ça dure, leur histoire. Chacun mène sa vie de son côté, sort avec qui il veut ; mais quand l'un est « libre », il envoie un S.M.S. à l'autre. Si l'autre n'est pas non plus en couple, alors ils se retrouvent ; pour une journée, une semaine... Rarement plus et ça leur suffit. Ces dernières années, c'est devenu un peu moins fréquent parce que Laurent a déménagé dans le midi. Perso, je crois que j'aurais un peu de mal avec cette manière de fonctionner mais, pour eux, ça ne pose apparemment aucun problème...

– Pas sûr que j'apprécierais, non plus… Tiens, pendant que j'y pense, ça arrive souvent à Mila de sortir des blagues aussi osées ? Je n'en reviens toujours pas ! À la boîte, elle est presque trop « lisse », fait attention à tout ce qu'elle dit… La petite fille modèle, quoi…

– Souvent, oui ; mais uniquement dans les soirées entre filles. S'il y a des hommes, elle est suffisamment raisonnable pour éviter. Trop de risques que ce soit mal interprété et, après, les conséquences peuvent être très compliquées à gérer… À mon avis, si elle s'est lâchée comme ça, ce soir, c'est qu'elle devait être tout excitée par l'arrivée de Laurent…

Heph picore un gâteau, finit son verre ; jette un coup d'œil circulaire sur la pièce.

– Tu as vraiment du talent pour la déco, Justine ! Si un jour je suis propriétaire, promis : je t'appelle tout de suite !

– Pas de problème : je te ferai un prix !

Elle lui sourit.

– Je ne t'invite pas à dîner ce soir, Heph : j'ai un projet d'aménagement à finir d'ici demain, pour un gros client…

Comme un regret.

Silence. Elle sourit, reprend, en le fixant dans les yeux :

– Mais ça me ferait vraiment plaisir qu'on se revoie. Il y a une pizzéria, un chinois et un indien à deux pas de chez moi…

Heph, hésitant à peine, bien que troublé.

– Quand tu veux, où tu veux…

Elle a déjà choisi :

– Demain, huit heures ?

– Ça marche.

Ils échangent leurs numéros de portables, quatre bises, les mains de Justine posées sur les épaules d'Heph.

– À demain !

– À demain, Justine !

16 décembre

Furieuse ! Je suis furieuse ! Je suis arrivée à la gare à 8 h 10, pile à l'heure pour le train, mais Laurent n'y était pas... Je l'ai cherché partout, même dans les toilettes pour hommes : rien. C'est quand j'ai sorti mon portable que je me suis aperçue que la batterie était déchargée. Il m'avait envoyé un S.M.S. durant la journée disant qu'il ne pourrait pas venir à cause d'un travail imprévu... Et zut ! Ça va reporter à dans deux mois, maintenant... Au moins...

Quand je pense à tout l'argent que j'ai dépensé en lingerie, cet après-midi... Tout ça pour rien... Quel gâchis ! Enfin, bon ; c'est réutilisable pour d'autres circonstances...

Je suis allée prendre l'apéro chez Justine, tout à l'heure. Il y avait Heph, aussi.

Le pauvre ! Comment je l'ai chauffé ! Si j'avais dit le dixième de ça à n'importe quel autre type de la boîte, en ce moment je serais au fond d'une cave, ligotée et bâillonnée sur un lit moisi, avec tous les vêtements arrachés...

Remarque, ça pourrait être sympa, comme sensation...

Non ! Ne t'inquiète pas, cher journal : je plaisantais encore...

Je ne sais pas ce qui m'a pris de lui dire tout ça, d'ailleurs. Pour le faire réagir, peut-être : sa timidité et son manque d'initiative m'agacent.

Ou alors parce que c'est le seul qui semble (je dis bien « semble » et pas « soit ») insensible à mon charme sans limites (Bon, oui, je sais, je m'aime. O.K... Et alors ? Il n'y a pas de mal à ça ? Si ?). Il fallait que je voie jusqu'où je pouvais le pousser sans le faire craquer...

Enfin, quoi qu'il en soit, ce soir, ce sera ceinture de chasteté, tilleul-menthe et bouquin... Je viens de prendre un méchant coup de vieux...

À bientôt, cher journal !

Exploration. 17 décembre

Fébrilité légère mais maîtrisée, gérable. L'attitude de Justine, ses mots anodins mais prononcés d'une voix délicatement suggestive, ont déchagriné ses pensées, jusqu'au sommeil. N'ont pas su gommer l'image de Mila mais l'ont rendue moins obsédante, invasive.

Incertitude, bien sûr. Mais, les heures passant, ainsi sans doute qu'un embryon de désir, ont transfiguré Justine ; ont fait d'une rencontre de hasard une pièce plausible – et plutôt séduisante – du puzzle de son avenir. Fût-elle provisoire et interchangeable.

Heph presse la sonnette à huit heures, exactement. Porte d'entrée qui s'ouvre, escaliers, lumière au bout du couloir ; lui qui franchit le seuil de l'appartement ; elle, les yeux rivés sur son ordinateur, qui se lève pour venir poser ses lèvres sur ses joues…

– Assieds-toi, j'en ai juste pour une minute.

Heph la regarde utiliser avec dextérité un logiciel de décoration d'intérieur en 3D ; déplacer une chaise, choisir un autre modèle de table, changer la couleur d'un rideau. Elle sauvegarde son travail. Lui :

– Sympa, comme métier ! Je me souviens qu'au collège, la moitié des garçons voulaient devenir testeurs de jeux vidéo. Mais ce que tu fais est presque aussi amusant !

– Pas faux... C'est vrai que ça aide, pour se lever avec le sourire le matin, de savoir qu'on va passer la journée à ça...

– Ça doit être pour ça que je fais presque toujours la tête en me rasant... Difficile de trouver un boulot moins palpitant que le mien. Son seul avantage est de ne pas être trop fatigant.

– On prend l'apéro ici, ou au resto ?

– Au resto, peut-être... Ça t'évitera de sortir du matériel...

Justine sourit.

– J'espérais t'entendre dire ça... Parce que la vaisselle et moi, on n'est pas copines... Pas de tutoiement envisageable : on n'a pas gardé les cochons ensemble... Bon ; je me change, j'en ai pour une minute, et on y va.

Elle regagne sa chambre, néglige de fermer sa porte. Heph aperçoit un coin du lit supposé vacillant, une élégante armoire d'époque en bois cérusé dans laquelle elle prend un pantalon de toile blanche, un pull rose pâle, de la lingerie. Elle disparait un peu plus loin ; lui voit juste les vêtements qu'elle portait un instant avant traverser les airs pour rejoindre un grand panier à linge sale en osier clair, juste à côté de l'armoire. Déjà, elle est là...

– Alors ; pizza ? Indien ? Chinois ?

– Pour moi, Indien... J'aime bien le curry.

– Ça me va...

Ils rejoignent la rue, progressent sous la lumière chamarrée des décorations jusqu'au restaurant. Heph constate que la salle n'est qu'à moitié pleine ; soulagement instinctif. Toujours sa hantise de la cohue et de la foule.

Ils s'installent à une table isolée, la plus à l'écart possible des autres clients et dotée d'un éclairage intimiste.

Apéritif ; martini blanc pour lui, kir royal pour elle. Ils commandent aussi une bouteille de bordeaux rosé pour la suite.

Justine :

– Bon... On y est. Le moment délicat... Par quoi commencer une conversation quand on se connaît si peu, qu'on n'a pas d'habitudes communes ? Tu t'appelles comment, au fait ? On s'est déjà rencontrés ?

Rit. Lui :

– Je ne sais pas... Musique ? Livres ? Ciné ? Je préfère te prévenir tout de suite, pour la musique : il doit y avoir au moins cinq ans que je n'ai pas téléchargé le moindre morceau... Pour la musique actuelle, je ne suis ni spécialiste, ni fan...

– Pas mieux... Pour moi, c'est carrément de la musique d' « ambiance »... Enfin, non... Plutôt d' « atmosphère » ; genre bruits de vagues, gazouillis d'oiseaux... À la rigueur, quelques chants polyphoniques, mais uniquement les grands jours...

Un serveur vient apporter une coupe de melon exotique pour elle, du Cheese Naan pour lui. Leur fait goûter le vin. Heph :

– Bon ; on laisse tomber... Livres, alors ?

– Pour moi, ça varie... J'ai eu ma période « Romans historiques », ma période...

(Lui, regard distraitement posé sur les mains de Justine. Ongles longs et vernis rose. Jointures fines. Juste une petite chaîne argentée, à son poignet. Elle ne ressent pas la nécessité d'accompagner ses paroles de gestes. Doigts qui enserrent avec douceur les couverts, portent délicatement la nourriture à la bouche. Sait se contrôler, apparemment... Gérer...)

–...videmment celle des romans d'amour bien niais, quand j'étais plus jeune. Mais là, c'est Mila qui m'en a dégoûtée : sa vision de l'amour est tellement pragma...

(Bouche. Belles lèvres, décidemment ; charnues, subtilement luisantes... Tentatrices. Il imagine leur contact ; tressaille.)

–... moment, je fais une fixation sur les romans de terroir, les grandes...

(Tiens : contrairement à Mila, elle porte des boucles d'oreilles. Il a failli ne pas les remarquer au travers des cheveux plutôt longs. Des petits diamants. À peine visibles... Raffinement... La classe !)

Elle rit.

– Et toi ?

Heph se ressaisit, pensée réflexe pour rattraper *in extremis* le fil de la conversation.

– Euh… Moi, pour l'instant, ce sont les policiers scandinaves, ou nordi…

(Pauvre Heph ! Décidemment, il ne sait pas s'habiller… Mais, bon, c'est un détail. Je lui donne quelques conseils et, hop : problème réglé. Heureusement qu'il a mis le pull que je lui ai conseillé l'autre jour : on ne voit pas trop qu'il porte un T-shirt à rayures sous sa chemise blanche. Sinon, quelle cata ! Par contre, pas mal, son torse… Même les poils qui dépassent, en haut ; d'habitude, ça a plutôt tendance à me refroidir, mais là, ça serait plutôt le contraire. Bizarre… On doit se sentir protégée, en sécurité, dans ses bras. Et j'aime bien ses yeux, aussi. Rieurs… Presque innocents…)

–…mais j'adore aussi Duras, Fred Vargas, Dji…

(Mauvais signe : il ne s'est pas une seule fois attardé sur mes seins. Il a regardé mes mains, mon visage… Bonne éducation ou… Pourvu qu'il ne soit pas trop coincé, quand même ; ça m'aurait bien arrangée qu'il prenne l'initiative ! Parce que le rentre-dedans, je n'ai pas ça dans les gènes, moi… Je ne suis pas Mila ! Enfin… Si il est venu, ça ne devait pas être pour boire une tisane… Non… Il a envie, c'est sûr. Ça se voit. Gestes hésitants, tics nerveux. Mais bon : on dirait un petit jouet mécanique qui a buté contre un pied de chaise, qui s'obstine mais qui n'arrivera jamais à franchir l'obstacle. Zut ! Je sens que, tout à l'heure, il va falloir que ce soit moi qui prenne le volant et que je

passe la seconde si je veux qu'on arrive dans ma
chambre avant... Enfin... Cette année, si possible...
Dire que j'ai raté cinq fois mon permis !)

Second passage du serveur. Curry de crevettes au lait de coco pour lui, Butter chicken pour Justine.

———————————

Le sujet du cinéma a rejoint l'oubli ; le flot de la discussion est maintenant suffisamment turbulent, ne nécessite plus ce type de béquille pour ne pas se tarir. Verres qui se désemplissent et se succèdent. Animation. Relâchement. Conversation plus intime. Écoute ; curiosité.

Elle a déjà réussi à « tenir » trois mois avec un garçon. A fini par le flanquer dehors : il ne s'intéressait qu'au foot qu'il regardait en boucle, affalé sur son beau canapé blanc sans prendre la peine d'enlever ses chaussures d'extérieur. Bien trop peu de temps, en tout cas, pour qu'ils se comprennent sans avoir besoin de prononcer des paroles, de les répéter ; de les reformuler, même, souvent...

Heph s'avoue vaincu... Lui, c'est deux mois de cohabitation, pour conclure misérablement une relation essentiellement platonique d'un an avec une fille de B.T.S. Et l'histoire est beaucoup plus banale : elle en avait rencontré un autre, tout simplement...

Le repas est fini. Leurs pas les portent jusque devant l'appartement de Justine. Moment des remerciements, des « au revoir »... Ou de proposer de prolonger la soirée ailleurs ; quelques étages plus haut, peut-être. Depuis l'arrivée des desserts sur la table, Heph a mis à profit chaque fragment de silence pour envisager des mots, les ordonner, les pétrir pour en façonner une phrase qui aille dans ce sens. Mais, maintenant que l'instant est venu, les a oubliés ; ne parvient pas à les prononcer, plutôt ; aphonie soudaine. Crainte d'être vulgaire, lourd… Surtout d'endurer l'humiliation d'un refus.

Justine le regarde en silence avec un sourire amusé. Confirmation de ses craintes.

Sa main fine vient de trouver la sienne, dans la pénombre. Elle tire doucement.

– Viens…

Si simple, finalement…

À peine entrés, les manteaux retirés, elle guide les mains d'Heph jusqu'à sa taille, ses reins. Elle enlace sa nuque de ses bras pour contraindre leurs visages à se rapprocher, se rejoindre.

———————————

Dans la chambre, leurs habits sont tombés au sol.

Ils se découvrent, s'explorent, s'observent. La main droite de Justine est parvenue, sans qu'il s'en rende compte, à saisir un préservatif dans la table de nuit.

Première étreinte maladroite, brouillonne. Heph n'est pas parvenu à faire vibrer significativement le corps de Justine et, pour lui, c'est déjà trop tard.

Est allongé sur le dos. Elle, qui le regarde avec un sourire attendri, couchée en chien de fusil. Lui, humilié, déstabilisé :

– Excuse-moi…

– Au lieu de dire des bêtises, viens plutôt avec moi prendre une douche. Ça m'a donné chaud, tout ça…

Sous le jet tiède, ils s'aspergent mutuellement, se frottent, se purifient. La jambe de Justine vient se glisser entre celles d'Heph, bouche collée à la sienne.

Ils finissent par couper l'eau, rejoignent le lit. Lui :

– J'ai vraiment été lamentable…

Justine approche ses lèvres de son oreille, murmure d'une voix enjôleuse, à peine perceptible.

– Dis ; tu es au courant qu'il n'y a pas qu'une seule manière de donner du plaisir à une fille ?

S'interrompt ; reprend :

– Et heureusement, car celle qu'on vient d'essayer est loin d'être ma préférée. Avec moi, si elle aboutit une fois sur dix, c'est déjà un maximum… Pour un premier essai, en plus, il n'y avait absolument aucune chance qu'elle fonctionne. C'était juste mon cadeau de bienvenue…

Silence volontaire pour susciter le questionnement, l'attente. Voix malicieuse, soudain.

– Par contre, il y en a plusieurs qui marchent à tous les coups ; mais je ne te dirai pas lesquelles… Ceci dit, si tu as l'esprit de recherche…

Elle s'étend sur le lit, bras écartés, jambes disjointes. Offerte.

Heph a compris le message. Fait une tentative. Justine :

– Brrrrrr ! Que c'est froid !

Ose autre chose.

– Ah… Presque tiède…

Innove.

– Ah ! Non, là, ça refroidit.

Improvise.

– Mmmmh. Plutôt chaud.

S'aventure.

– Oh ! Brûlant !

S'attarde, insiste.

La voix de Justine devient saccadée...

– Si tu t'arrêtes maintenant, je te tue !

Exigences. 18 décembre

Samedi matin. Se sont réveillés vers 10 heures, la tête de Justine encore posée sur l'épaule d'Heph, comme au moment de leur assoupissement. Lui perçoit l'engourdissement, dans son bras droit, mais s'abstient de tout mouvement jusqu'à ce qu'elle ouvre les yeux d'elle-même. Dans un même réflexe, ils se sont dirigés vers la salle de bains ; Justine lui a tendu une brosse à dents neuve qu'elle a arrachée à son emballage d'origine. Une fois cette ablution effectuée, ils peuvent s'embrasser, s'étreindre. Aucun des deux n'a pour l'instant jugé nécessaire d'enfiler le moindre vêtement ; ils se rejoignent donc sous la douche, chacun se chargeant de baigner le corps de l'autre dans des caresses qui les font se cambrer, tressaillir... Mais l'attente, l'inachèvement, sont aussi germes de plaisir.

Justine prend du thé, au petit déjeuner ; une ou deux biscottes nappées de gelée de groseilles, un fruit, un laitage. Heph fait l'effort de mémoriser pour pouvoir préparer la table, demain. Elle s'est juste couverte d'un peignoir de satin qui s'entrebâille sans indécence ni provocation. Lui boit son café en caleçon et tee-shirt. Mange rarement, le matin. Elle :

– Je suis contente que tu sois là.

Phrase autarcique, n'appelant pas de réponse. Il se contente de se glisser derrière elle pour embrasser sa nuque. Lui :

– On se fait un ciné, cet après-midi ?

– Toi, si tu veux, mais sans moi.

La surprise vient contracter le visage d'Heph.

– Pourquoi ?

– Parce que, si tu as fini ton café, tu ramasses tes affaires et tu t'en vas…

Justine voit Heph blêmir ; s'effriter. Elle se lève, va coller ses seins contre sa poitrine et l'embrasse à pleine bouche.

– Jusqu'à ce soir, idiot !

La vie s'était enfuie du corps d'Heph… Reflue prudemment, encore effarouchée.

– On est allés très vite, jusqu'ici… Peut-être même trop. Ne t'inquiète pas : si c'était à refaire, je ne changerais rien… Mais à ce rythme là, on sera mariés dans un mois et divorcés dans deux. Maintenant, il faut prendre le temps de s'apprivoiser, de s'accoutumer l'un à l'autre… C'est comme quand tu veux recueillir un petit chaton asocial. Au début, tu places un bol de croquettes à plusieurs mètres de chez toi, tous les soirs, à la même heure. Puis, chaque jour, tu rapproches imperceptiblement le bol vers ta porte. Quand le bol en est très proche, tu laisses la porte entrouverte quand il vient manger, pour qu'il s'habitue à ce passage, qu'il constate qu'il n'y a pas de risque à s'en approcher. Enfin, un jour, tu places le bol à l'intérieur, de l'autre côté de la porte… Là, s'il rentre, c'est pratiquement gagné…

Heph médite ; peut-être y a-t-il un sens caché dans cette allégorie mais, pour l'instant, celui-ci lui échappe...

Elle, qui prend un air sévère, comme un prof tyrannique qui veut affirmer son autorité.

– Donc mettons les choses au point :

Règle n°1 : Je ne veux pas te voir entre le petit déjeuner et le repas du soir. En aucun cas. Si cette condition n'était pas remplie, le contrat serait considéré comme nul et les deux parties libérées de tout engagement.

Règle n°2 : Les coups de téléphone à l'autre sont interdits dans la journée. Les S.M.S sont tolérés, mais uniquement dans l'urgence, si le manque est trop fort.

Règle n°3 : Interdiction d'amener ici tout objet personnel, si ce n'est un nécessaire de toilette minimaliste et, à la rigueur, un caleçon de rechange. Si tu veux changer de vêtements, tu devras le faire chez toi, avant de venir. Même les livres sont interdits ; si tu es là, ça doit être pour t'occuper de moi, pas pour bouquiner !

Règle n°4 : Les règles n°1, 2 et 3 sont applicables avec effet immédiat, et le seront pour une période de deux mois et un jour, ni plus, ni moins, donc jusqu'au 19 février à – elle regarde la grande horloge murale métallique – 11 h 31. Bon... Ne chipotons pas... 11 h 30, ça ira... Ce délai échu, les règles n°1, 2 et 3 seront définitivement abrogées.

Heph sourit.

– Je signe… Mais pourquoi deux mois et un jour ?

– Parce que, comme ça, tu auras battu ton record de durée… Mais surtout parce que, très bientôt, très vite, il y aura un écueil à éviter ; qu'on ne pourra pas y échapper… Comme une fatalité, tu vois ? La seule question est de savoir à quel moment il se présentera… Jusque-là, je voudrais éviter de m'investir trop, ou surtout trop précipitamment. Mais, le 19 février, le danger devrait être largement passé.

– Tu penses à quoi, comme danger ?

– Je te le dirai. Peut-être… Dans deux mois et un jour. Si je te le dis avant, cela signifiera que n'aurons pas su, ou pu le contourner…

Heph a cru percevoir une lueur d'inquiétude dans ses yeux :

– Tu en as peur à ce point ?

Hésitation, le temps, apparemment, de se remémorer des évènements passés. Réponse énoncée d'une voix lente, grave ; un peu triste :

– L'expérience…

Justine, sourire un peu forcé, maintenant. Volonté de finir sur une note plus légère :

– Et puis, il y a une autre raison : si tu es là toute la journée, comment est-ce que je ferai pour penser à toi ? Comment est-ce que je ferai pour rêvasser, t'imaginer, t'attendre ? Tu ne veux pas me priver de ce plaisir, quand même ?

Elle l'embrasse longuement.

– Allez ; maintenant, file ! Je m'occupe des courses, pour ce soir.

Complicité

18 décembre, Heph, 11 h 45 du matin. Impression troublante que Justine venait de lui celer délibérément certains faits ; que les mots qu'elle avait prononcés à l'instant n'avaient pour but que de trouver une justification plausible à sa retenue, sa prudence. Qu'elle ne les avait dits que pour travestir, masquer une réalité plus perturbante. Ne se souvient pourtant pas avoir noté la moindre trace d'hésitation dans son attitude, la veille... Apparemment, pour elle, le vrai défi ne commençait qu'après ; maintenant.

Paquet de cigarettes, sous sa main. Par hasard, sans qu'il l'ait cherché. N'en a allumé aucune depuis la veille au soir, 20 h ; plus surprenant, n'en a perçu le manque ; l'envie. Les gestes, les paroles, avaient suffi pour que ce temps soit complet, plein, dénué de moments inutiles qui auraient nécessité d'être comblés.

S'effraie déjà des heures interminables, jusqu'au soir. Surabondance de minutes... Fait tourner la molette de son briquet, aspire ; rejette la fumée grise. Se dirige vers le bureau de tabac pour compléter ses réserves qui s'amenuisent.

––––––––––––––

Retour dans son appartement. Aucune langueur, pour une fois ; plutôt une griserie légère qui l'incite à l'action. Acheter un cadeau, pour Justine, bien sûr, mais les idées s'enfuient à peine entraperçues ; lui échappent...

Lui, le procrastinateur, qui d'ordinaire ne se prive pas de laisser la vaisselle sale couler des jours tranquilles dans l'évier jusqu'au seuil de la moisissure ou se contente de quasi-ténèbres plutôt que de faire l'effort de changer une ampoule, se surprend à scruter la pièce, découvrant des recoins jusqu'ici inexplorés. Remarque pour la première fois le papier peint vieillot, décollé çà et là ; la parure de lit défraîchie, pâlie, tissu usé par les lavages et qui devient arachnéen par endroits, augurant une déchirure prochaine. Sans même parler de celle de rechange, en boule dans son placard, qui ne vaut guère mieux.

N'avait jamais prêté attention à ces ombres jaunes, au plafond... Saletés de cigarettes... Si un jour Justine souhaitait venir chez lui prendre un café, elle aurait un choc.

Se dresse, brusquement ; inspecte méthodiquement ses étagères... Poussière, omniprésente. Caleçons fanés, élimés... Des moutons de poils, fibres, cellules mortes ont formé troupeaux sous chaque meuble – discrets car aphones –, liés par des toiles d'araignées devenues sans usage au trépas de leur architecte. Vient même de retrouver la télécommande de la porte du garage, sous l'armoire... Au moins une bonne nouvelle. Pénètre dans la salle de bain. Toilettes, le fond ; présuppose une scène d'effroi. Mais, non... Par contre, sédiments de tartre que seul un long brossage vigoureux pourra faire disparaître.

Calepin, crayon ; liste :

peinture monocouche – pinceaux – rouleaux – papier peint – colle – décolleuse vapeur – brosse à maroufler – brosse métallique toilettes – produits ménagers – draps – caleçon ou boxer

N'inscrit pas « cadeau Justine » : il vient de trouver.

Largement de quoi s'occuper jusqu'au soir.

Courses, jusqu'à 15 h. Sandwich.

A commencé à recouvrir le plafond de peinture mais a négligé d'acheter une bâche de protection. Voit, consterné, le liquide déserter le pinceau pour piqueter de taches blanches le sol, ses vêtements, ses draps, ses meubles. Perd une heure entière à réparer les dégâts ; reprend son travail après avoir revêtu un sac poubelle troué ne laissant passer que la tête et les bras, recouvert son maigre mobilier et la moquette d'autres sacs, coupés en deux pour qu'ils protègent une surface plus grande.

De temps en temps, consulte son smartphone ; a cru, a souhaité entendre un signal annonçant l'arrivée d'un message... Juste la sonnette de la porte du voisin ou tout autre bruit venant de la rue. Par bonheur, il est suffisamment affairé pour que les heures ne s'attardent pas au-delà du supportable.

———————————

La porte de Justine s'entrouvre, à 20 heures. Elle lui saisit les deux mains, l'attire contre elle, regarde son visage avant de l'embrasser.

– C'était bon de t'attendre.

Heph ne contient pas un sourire attendri ; l'étreint doucement. Savoure l'instant, prend plaisir à le laisser perdurer.

Au moment d'accrocher son manteau à la patère, saisit dans la poche droite un petit emballage cadeau ; lui tend.

– Tiens, Justine…

Elle retourne le paquet dans tous les sens ; redoute probablement un bibelot en plastique de mauvais goût. Se demande peut-être déjà où elle pourra le placer pour qu'il soit invisible, sans risquer de le blesser. Elle prend le temps de défaire l'emballage sans le déchirer.

Découvre un petit cadre photo en bois flotté, plutôt élégant. Il ne doit guère dépasser 10 cm dans sa plus grande dimension.

Pour l'instant, un morceau de carton masque l'image. Elle, intriguée :

– Qu'est ce qu'il y a, derrière ?

Lui, immodeste :

– Une photo de moi… Quand on est narcissique, on ne se refait pas…

Elle soulève le carton. En dessous, un rectangle de papier glacé. Vierge si ce n'est trois mots : « Photo d'Heph ».

Heph s'amuse du sursaut d'étonnement de Justine.

– Et bien quoi, Justine ? Tu m'as bien dit que tu voulais pouvoir rêvasser, m'imaginer... Comme ça, tu as toute liberté. Et en plus, je t'ai gâtée : c'est mon meilleur profil...

Elle regarde le cadre avec des yeux étonnés d'enfant...

– Joli coup, Heph. Bien joué.

———————

Justine ne s'intéresse pas à la cuisine ; guère plus à la nourriture dans laquelle elle ne cherche pas le plaisir mais uniquement sa dose quotidienne de protéines, glucides et lipides pour garder son corps fonctionnel. A acheté deux barquettes à réchauffer comme plat principal, volontairement oublié les entrées et prévu tout de même quelques fruits et laitages comme dessert.

Après le repas, initie Heph à l'utilisation de son logiciel de décoration d'intérieur. Il lui décrit grossièrement son appartement, la disposition et les dimensions des pièces. Omet volontairement de lui signaler l'emplacement des meubles, leurs formes, la couleur des peintures, des papiers peints. Elle se lance, essaie, recommence, annule, modifie. Après une heure de travail, elle lui jette aux yeux une étourdissante modélisation en 3D de son appartement tel qu'il devrait, pourrait être, s'il s'en donnait la peine ou disposait des moyens nécessaires. Elle a accroché des voilages à ses fenêtres, des tableaux abstraits aux murs, toutes choses dont il n'avait pas remarqué l'absence mais qui, à l'évidence, ajouteraient une sensation d'intimité, rendraient son studio plus chaleureux, personnel... À noter sur sa liste, pour plus tard.

Lui :

— Je crois que je ne t'inviterai pas à prendre un café chez moi avant quelques années, Justine... C'est le temps minimum qu'il me faudra pour faire le dixième des modifications que tu suggères... Mais si tu peux m'imprimer tout ça, je suis preneur : ça me donnera des idées...

— Tout de suite, M'sieur... Et pour le café, pas de souci. De toute façon, je ne bois que du thé...

Ils allument tous deux une cigarette sur le balcon, Justine – bien que fumeuse – redoutant l'odeur du tabac sur ses tentures et ses chers tissus.

———————————

Douche rapide. Se rejoignent dans le lit. Heph, nu sur les draps, presque confus de s'exhiber dans cette posture vulgairement phallocratique ; Justine vêtue de son peignoir de satin, dont elle a négligé de nouer la ceinture, cette fois. Elle :

— Tu connais le jeu « Pierre-papier-ciseaux » ?

— Bien sûr : les ciseaux coupent la feuille, la feuille enveloppe la pierre et la pierre émousse les ciseaux.

– Alors, en trois coups gagnants…

– On gagne quoi, à ton jeu ?

– Le gagnant donne du bonheur à l'autre en premier. Ensuite, c'est le perdant qui s'occupe du gagnant…

– Amusant, mais je ne vois pas la différence… Autant gagner que perdre…

– Oh, pas du tout ! Donner du plaisir en premier accroît sa propre excitation et la suite n'en est que meilleure. C'est exactement l'inverse si on perd…

Justine a gagné aisément, 3 à 1.

———————————

Heph vient d'éteindre la lumière :

– Tu crois qu'on pourra y arriver en même temps, un jour ?

Elle, rieuse :

– C'est pas vrai ! Tu le fais exprès, Heph ! Tu fais semblant, avoue ! C'est juste le temps de synchroniser un peu nos horloges sensuelles ; de découvrir à quoi l'autre est réceptif… Il faut parfois quelques semaines… Souvent moins…

Elle l'embrasse, pose sa tête sur son épaule ; s'endort.

Heph écoute son souffle, maintenant régulier. Pense aux quelques compagnes qui ont ponctué sa vie. Cela avait semblé plus simple, avec elles ; mais sans doute certaines ont-elles simulé le plaisir, par courtoisie ou pour écourter une étreinte fastidieuse.

Attentions

Dimanche 19. Justine n'a pas tenu ; elle lui a envoyé un S.M.S., vers 15 h.

– C'est dur, là, maintenant…

– C'est long. Tu m'envoies un selfie de toi ? Ça me motiverait pour mes travaux de bricolage…

Attente de près d'une heure, le temps pour Heph de faire tomber sa lampe de chevet d'un geste maladroit, d'envoyer une longue trainée de peinture sur le papier peint en cherchant à stopper sa chute – mais qu'importe puisqu'il devra aussi refaire la tapisserie –, de s'entailler sérieusement un orteil en marchant sur un des débris de l'ampoule qui n'a pas résisté au contact avec le sol, de désinfecter et panser son pied meurtri…

Une photo arrive : un genou gauche.

– Tu es sans pitié, Justine ! C'est pire que si tu ne m'avais rien envoyé…

– (Smiley « rire ») Garde-la : c'est un puzzle. Je t'enverrai un autre morceau chaque jour…

Attente, le temps qu'elle tape la suite…

– D'ici le 19 février, tu devrais avoir la totalité. Peut-être même des morceaux que tu n'espérais pas…

Attente, de nouveau…

– Mais, bien sûr, je garderai le meilleur pour la fin… Si tu veux tout, il faudra tenir jusqu'au bout ! (Smiley « Moqueur »)

– Joli coup, Justine… 1 à 1.

– À ce soir…

– Bisous.

Il transfère la photo vers la galerie de son portable pour ne pas l'égarer… En parcourant le contenu, tombe par hasard sur la photo imprécise de Mila. Songe à l'envoyer à la corbeille. Oublie, finalement.

Soir. Lui :

– Bien joué, ton puzzle… Mais les morceaux ne vont jamais coïncider ; Il y en aura qui seront cadrés plus proches, plus loin ou en biais.

– Non. C'est pour ça que ça m'a pris un peu de temps. J'ai pris deux photos avec ça – elle lui montre un reflex numérique dernier modèle monté sur trépied. Au retardateur, bien sûr. Une de face, une de dos. Avec la grille de « The Gimp », je les ai découpées chacune en 30 rectangles ou carrés parfaitement juxtaposés. J'ai tout transféré vers la galerie photo de mon portable et je n'aurai plus chaque jour qu'à en choisir une et appuyer sur « Envoyer »…

Il rit…

– Ne me tente pas : je pourrais avoir envie de me lever cette nuit pour les récupérer toutes !

– Ne perds pas ton temps : il y a un mot de passe pour allumer mon smartphone. Quant aux originaux, sur mon ordi, il y a longtemps qu'ils sont effacés... Même chose pour la carte mémoire de l'appareil photo !

———————————

Lundi 20. À « Fenêtres & Clair », l'ambiance est paisible. Chacun se concentre sur les vacances à venir : la boîte ferme tous les ans du 24 décembre au 2 janvier sans laisser d'alternative aux employés. Le 3, même, cette année, le 2 tombant un dimanche.

Heph rentrera chez ses parents, pour les fêtes. Justine a finalement décidé d'aller au ski de peur de céder, de ne pas avoir la force de respecter le pacte. La tentation serait trop grande de passer la journée avec lui s'ils sont tous deux désœuvrés. Mais ils pourront se téléphoner longuement, le soir, ou même utiliser Google Duo si la réception est suffisante.

Une amie de Justine organise une soirée pour son anniversaire, le 23. Cette dernière a accepté, prévenu qu'elle viendrait accompagnée sans même envisager qu'Heph puisse refuser. Ce ne fut d'ailleurs pas le cas.

Heph rêvasse. Son travail ne progresse guère, mais suffisamment tout de même pour que personne à la direction ne le remarque. À 15 h, il a reçu une seconde photo : la main gauche, de dos, qui effleure un morceau de cuisse.

Toute la journée, eut l'étrange sensation que Mila l'observait, comme si elle avait perçu une anomalie inexplicable et en cherchait la nature. Probablement

Heph avait-il l'air plus pensif, moins concentré qu'à l'habitude.

_____

Mardi 21 : un carré de peau, juste un peu plus sombre par endroits en fonction de l'ombre... Un morceau de ventre, ou de dos... Plutôt de dos : Heph a cru percevoir le relief de la colonne vertébrale.

_____

Mercredi 22 : le bas du sein gauche, qui s'arrête largement sous l'aréole. Heph a reconnu le petit grain de beauté, un peu plus bas. Transfère maintenant chaque fois la photo directement sur son ordinateur par le câble micro U.S.B., puisqu'il y aura des assemblages à faire.

_____

Deux brosses à dents ; un tube de dentifrice. Évocation d'un couple, ou au moins de son ébauche... Scène préliminaire de film, pour intriguer le public, esquisser à grands traits le décor.

Télé éteinte, le soir ; caméra qui insiste, s'attarde sur l'écran sombre. Suggérer que le dialogue est aisé, riche, suffisant ; qu'il ne nécessite pas de distractions externes. Mais...

Six jours, pour l'instant. Restaurant, peut-être ; ou cinéma... Deux individualités : deux univers si différents qu'ils justifient encore le support d'un étai, d'un évènement extérieur pour engendrer une émotion commune. Bien sûr, il y a l'étreinte, qui les accorde, mais l'heure n'est pas encore venue.

Alors mains qui se frôlent ; regards sans confiance de ceux qui doutent encore de l'issue de l'histoire…

Attirance, bien sûr, mais sans osmose ni certitude.

Heph s'est agacé tout le jour du manque d'elle. D'elle qui s'est inquiétée d'une possible absence, le soir venu ; d'être brusquement privée de lui.

Spontanément, ils s'embrassent, pour compenser. Convulsivement. Comme pour faire taire leurs appréhensions.

S'observent, avec tendresse.

Justine, qui dégrafe lentement le haut de son chemisier.

– On se donne un peu de bonheur tout de suite ? Ça nous ouvrira l'appétit avant une pizza…

Lui :

– Et après ?

– Ça n'empêche pas de recommencer…

———————————

Jeudi 23. La main gauche et l'avant-bras, de face…

Vers 20 heures, ils sonnent à la porte de Véronique. Ont apporté une bouteille de champagne, qui risque moins d'être surnuméraire qu'un bouquet de fleurs. Justine :

– Bon anniversaire, Véro – elles s'embrassent, chacune une main sur l'épaule de l'autre. Je te présente Heph. Heph : Véronique…

– Entrez, entrez – elle les débarrasse de la bouteille de champagne. Merci !

Véronique et Jules, son mari, habitent une petite maison, dans un quartier pavillonnaire. Bien sûr, le centre ville est loin, mais il y a moins de plaintes des voisins lorsqu'ils organisent des réceptions.

Pour l'instant, le salon héberge une dizaine de personnes, essentiellement des amies communes à Véro et Justine ainsi que leurs petits copains, époux, amants.

Étonnements, bises, verres, petits-fours, papotages, anecdotes, rires. Empathie et compassion parfois, à l'énoncé d'une mauvaise nouvelle.

Quelqu'un d'autre sonne. Bises, rires, papotages, verres, anecdotes, étonnements, rires encore, petits-fours…

21 h 20. Sonnette. Mila. Seule. N'a sans doute pas su qui inviter pour l'accompagner. Le choix est trop vaste et elle n'a pas actuellement de préférence, de favori ; d'élu.

Anecdotes, bises, étonnements, papotages… Regard fugitivement froid et concentré de Justine en voyant qu'elle se dirige vers eux.

Mila paraît réjouie.

– Justine ! Heph ! Super ! Je ne savais pas qu'Heph connaissait Véro…

Justine coupe la parole à Heph qui s'apprêtait à répondre.

– C'est moi qui l'ai invité. J'avais peur que tout le monde vienne accompagné et je me suis dit qu'il ferait un *escort boy* très convenable… Bon… Il ne m'a pas encore annoncé ses tarifs mais je suis sûre qu'il sera raisonnable ; n'est-ce pas, Heph ?

Heph a décrypté le message de Justine : Mila ne doit pas savoir, pas maintenant. Il surenchérit :

– Ne rêve pas trop, Justine ! Même si tu m'as offert l'apéro, il y a les frais fixes… La séance d'épilation du torse, la manucure, le coiffeur, le taxi pour venir, parce que ma 4L manque un peu de classe, le bouquet de roses rouges pour ne pas arriver les mains vides… Et puis, j'ai un standing à tenir : c'est toujours mauvais pour l'image d'avoir l'air de brader la marchandise…

Mila badine :

– Et ton tarif, c'est juste pour la soirée ou ça comprend aussi la nuit ?

– Juste la soirée, bien sûr… Je laisse les basses besognes à d'autres !

Elle, gamine contrariée :

– Dommage ; sinon je t'aurais bien demandé un dépliant publicitaire, voire même une carte d'abonnement…

Justine :

– Et toi, Mila ? Pas courant de te voir toute seule… Laurent est déjà reparti ?

– C'est moi qui l'ai remis dans le train… Des hommes, toujours des hommes, partout… Sous le lit, dans le réfrigérateur, dans le sac à linge sale, J'en ai même trouvé un dans le lave-vaisselle, l'autre jour… Il y a un moment où il faut savoir dire « Stop ! ». J'ai décidé de faire une pause.

Silence ; elle reprend :

– Enfin… Au moins un jour ou deux…

Elle s'éloigne ; revient…

– Au fait, ça vous dirait de passer la soirée chez moi, demain, pour fêter les vacances ?

Heph :

– Euh…

Justine le coupe, brusquement…

– Ça aurait été avec plaisir, mais j'ai mon train pour Megève à 15 h, demain.

Heph s'apprêtait à acquiescer mais Justine a, à l'évidence, d'autres projets. Il s'entend dire :

– Moi, c'est pareil. J'ai promis à mes parents de passer le réveillon chez eux. Je pars juste après le boulot...

Mila :

– Bon, tant pis... On fait ça à la rentrée, alors.

Justine et Heph ont prévu de ne partir que le 25, au matin. Heph culpabilise de ce mensonge, dont il ne perçoit pas la nécessité.

– Pourquoi tu ne voulais pas ?

Visage de Justine, soudain tendu. Elle l'entraîne dans un couloir, hors de la vue des autres, lui sourit enfin. Sa langue se glisse entre les lèvres d'Heph comme pour le contraindre au silence.

– Ce sera notre dernière soirée ensemble avant une semaine... Tu ne crois pas qu'on aura des choses plus intéressantes à faire ?

23 décembre

Rencontré Heph et Justine à la soirée de Véro, ce soir... Escort boy ; mon œil ! Et encore, je reste polie ! Ils sont partis anormalement tôt, d'ailleurs...

Justine a décidé de la jouer stratégique, apparemment. Mais elle n'a rien à craindre : j'ai changé... Je ne suis plus la vilaine Mila...

Journal, cher journal... Dis-le, que j'ai changé ! Hein ! N'est-ce pas ! Ça doit bien se voir, quand même !

Enfin ; heureusement qu'ils partent demain, parce qu'avec la frustration de ne pas avoir Laurent près de moi...

Ceci dit, Heph m'a l'air beaucoup plus à l'aise, ces jours-ci. Je lui ai presque trouvé de l'humour, ce soir...

Bon ; ben c'est reparti pour une ceinture de chasteté et un tilleul-menthe... Non, tiens, une camomille : soyons fous !

À bientôt, cher journal !

Nouvelle année…

Heph et Justine devant la gare, le 25 au matin. Elle :

– Je ne supporte pas les « Au revoir ! » sur les quais. Ça me fait fondre en larmes à chaque fois… Arrête-toi ici, que je descende mes valises…

Heph, surpris :

– Tu ne veux pas au moins que je te les porte jusque dans le hall ?

Elle, posant ses lèvres sur les siennes :

– Non, t'inquiète… Je ne suis pas trop chargée… On s'appelle ce soir !

Heph la regarde franchir les portes vitrées coulissantes, se fondre dans la foule. Ne se résout pas à repartir, mais il est sur une place d'arrêt minute et un policier municipal s'approche ; remet donc le contact et s'enfuit.

————————————

Journée interminable à la campagne, dans la ferme de ses parents. Dut subir un interrogatoire en règle, tout au long du repas – ne manquait que l'halogène en pleine face – sur sa vie, son métier ; surtout ses relations. Car il est nécessaire que le patrimoine familial soit transmis, perdure et, pour cela, des héritiers sont indispensables. Le trépas n'est rien à l'aune de la perte de la terre ; de l'éventuelle vente de la ferme... Heph s'est tu, a éludé les questions. Non qu'il redoute particulièrement que son histoire avec Justine ne dure pas, mais c'est sa bulle propre, son refuge ; là où il peut faire abstraction des autres, le seul endroit où il se sente à peu près à l'abri des perfidies de l'existence. Hors de question donc d'y laisser pénétrer qui que ce soit sans un motif solide. Promenade à pied dans l'exploitation, l'après-midi. Guère d'autre chose que de la boue à contempler en cette saison, mais c'est la fierté de son père, le fruit de son labeur. Efforts donc pour s'enthousiasmer, faire semblant de s'extasier devant l'horizon désespérément morne ; progression lente, le temps d'extraire, à chaque pas et l'une après l'autre, les bottes de la glaise. Soleil qui se couche.

———————————

A porté sa valise dans sa chambre d'enfant, avant le repas. Nulle nostalgie ; plutôt un malaise latent, un rejet instinctif d'une époque où chacune de ses décisions était subordonnée à l'autorisation de ses parents, où il devait subir à chaque instant leur vigilance castratrice. Papier peint à motifs enfantins, meubles trop bas ; lit à une place encore enlaidi des multiples couches de couvertures en laine.

Sait déjà qu'il ne restera pas jusqu'au premier de l'an. Le 27 décembre lui semble une date acceptable, bien qu'effroyablement lointaine. Il prétextera les travaux d'aménagement dans son appartement. Sa famille ayant toujours considéré le travail comme une valeur fondatrice, prévalant par essence sur tout autre argument, elle ne se formalisera surement pas.

Fumerait volontiers une cigarette, mais le tabac est tacitement banni de la maison depuis d'anciens soucis cardiaques de son père.

————————————

Justine, étendue en T-shirt et culotte sur son lit en bois blanc. N'est pas montée dans le train, n'en avait pas l'intention. A attendu que les portes des wagons se ferment, dissimulée dans un angle du hall, sans se faire rembourser un billet qu'elle n'avait, de toute façon, jamais acheté.

A vérifié de loin la disparition de la voiture d'Heph avant de se hasarder dans la rue, regagner son appartement à pied.

Défilent les pages d'un magazine, entre ses mains. A fermé ses volets roulants et rideaux pour que Mila ne perçoive pas l'éclairage au cas où ses pas la mèneraient dans le voisinage. Les ouvrira dans la journée, la lumière du jour étant suffisante. Tout à l'heure, son smartphone sonnera. Heph. Il lui suggérera peut d'être de mettre en marche sa vidéo, pour qu'il la voie ; au moins son visage, la promiscuité dans un chalet autorisant difficilement autre chose. Elle prétextera une connexion difficile, les ondes rechignant à franchir les montagnes.

A renoncé au ski, finalement. L'envie était ténue, à peine perceptible, et elle cherchait par-dessus tout le calme, la sérénité, pour faire une analyse objective de sa situation actuelle, de ses sentiments.

Bien sûr, elle aurait pu, aurait dû peut-être en informer Heph mais, d'une part, ne souhaitait pas qu'il se sente contraint de rester du fait de sa décision. D'autre part, sa présence aurait pu biaiser sa réflexion, l'attraction de deux corps agissant comme un aimant susceptible de fausser toute boussole.

Heph. Le fait même qu'elle pense à lui, que ses yeux ne perçoivent que des taches imprécises sur les pages du journal, qu'elle ne désire aucune activité hors le recueillement porte sens.

Tout à l'heure sonnera le téléphone. Ce sera un moment d'apaisement. Peut-être même pourra-t-elle trouver le sommeil ; après.

―――――――――

26 décembre, le matin. Jette un œil à travers la vitre et les rideaux, par ennui. Aperçoit, surprise, Mila qui progresse dans sa rue, s'interrompt un instant pour contempler sa fenêtre. Son regard qui s'attarde sur la voiture de Justine, garée juste devant… Qu'importe, elle aura pu prendre un bus, ou marcher : elle l'a fait la veille. A cependant un mouvement réflexe de recul. Mais se rappelle que les voilages sont une barrière suffisante contre le regard si la lumière extérieure est suffisante. Se rapproche donc ; voit Mila qui s'éloigne.

Soir. Heph vient de l'appeler. Elle a simulé la gaité, inventé la qualité de la neige. Heph a tu son ennui pour ne pas donner une tonalité morose à la conversation.

Nuque de Justine, qui vient d'arriver par S.M.S. sur son portable avec un sous-titre : « Je voudrais que tu m'embrasses là ! ».

Lui, qui sourit...

---

27 décembre, début d'après midi. Heph qui décharge ses affaires, les remonte par l'ascenseur jusqu'à son appartement.

Profitera des jours à venir pour progresser dans ses travaux. Enfin, il verra... Pour l'instant, sa motivation est fluctuante.

---

30 décembre. Heph n'a rien fait, ou si peu. A provisoirement délaissé la peinture, qui le lasse, cessé de décoller l'ancien papier peint – dont certaines bribes rétives refusent obstinément de se détacher du mur – pour redonner un peu d'éclat à ses toilettes. Deux heures de travail ; cela suffira pour aujourd'hui. Un soleil exténué s'efforce d'illuminer un peu les immeubles, face à lui ; à lui qui allume une cigarette derrière sa fenêtre pour un instant de contemplation.

En bas, une silhouette : Mila, qui marche apparemment sans hasard, jetant un œil attentif aux voitures garées là... Heph, toujours immobile derrière la vitre. Pas d'inquiétude à avoir : elle n'a aucune idée précise de l'endroit où il habite ; sait juste que c'est dans ce bloc, quelque part... Et puis la 4L est garée au sous-sol, indécelable. Étonnement tout de même de cette présence ; et puis, très, trop vite, résurgence d'émotions, de souvenirs.

Heph s'éloigne de la fenêtre, vite, pour mander l'oubli et l'inappétence.

———————————

31 décembre. Heph s'est rendu dans un supermarché éloigné pour acheter une demi-bouteille de champagne, une barquette de gibier sauce grand veneur. A laissé les paniers d'huitres sur leur étalage, leur ouverture nécessitant un minimum de dextérité et d'efforts. N'a aucune envie de passer la nuit aux urgences le temps de se faire recoudre la main. Mini bûche glacée en portion individuelle. Le programme télé ne prédit que des émissions de variétés consternantes. Sensation d'une nuit polaire interminable, d'autant que les nuages ont toute la journée voilé le ciel d'un gris presque uniforme.

Justine, ailleurs ; loin, elle aussi. Dépose dans son chariot une demi-bouteille de champagne, des feuilletés apéritifs à réchauffer au four ; une demi-langouste recouverte d'une mayonnaise peu appétissante, légèrement brunâtre, cela justifiant sans doute le fait qu'elle ait été la dernière en vente, sur le rayonnage. S'est remise au travail le 28, sans enthousiasme, progressivement gangrénée par le regret de ne pas avoir proposé à Heph de la retrouver pour le réveillon. Cela aurait probablement été possible…

Heph, 23 heures. L'instant, bientôt, d'appeler Justine. A mangé sans appétit, zappant de chaîne en chaîne. N'a pas ouvert le champagne, l'envie lui manque. Aurait préféré sa présence, près de lui. Dans une impulsion subite, s'habille, rejoint le sous-sol, démarre sa voiture. À défaut de sa compagnie, il l'appellera devant chez elle pour s'en sentir moins disjoint, éprouver une illusion de proximité.

23 h 30. Justine, assise en tailleur sur son lit.

Dans la poubelle, prisonnière de plusieurs sacs plastique étanches, une demi carcasse de langouste à peine mordillée : son odeur un peu forte avait suscité le doute, la méfiance. Se contente donc des feuilletés qui étaient supposés durer quelques jours, faire office d'amuse-bouche pour Heph, le lendemain. Les avale plus qu'elle ne les mange pour atténuer l'acidité du champagne, de ce fond de coupe bu pour diluer sa mélancolie.

Minuit dix, devant l'appartement aux volets fermés. Heph, qui compose son numéro.

Voix de Justine, douce, dans l'appareil, qui invente une neige tombant en flocons obèses, qui dit qu'elle est sortie dehors pour ne pas interrompre la liesse du réveillon, imposer le silence. Qui dit qu'il fait froid, aussi ; qu'elle voudrait qu'il soit là. Qui dit ce genre de choses…

Jeune femme qui a quitté le lit, s'est dressée face au miroir. En début de soirée, s'est maquillée, repeignée, délicatement parfumée ; ne s'est couverte que d'une nuisette de soie pour s'imaginer l'attendre.

N'attendre que sa voix, dans ce cas précis, mais c'est un peu de lui, déjà. Le contexte de ce réveillon passé esseulée l'avait déstabilisée, poussée à ce simulacre.

Observe son propre reflet dans la glace ; l'effleure, le caresse de la main gauche – la droite tenant le smartphone contre son oreille. La vision d'elle dans cette tenue troublerait Heph, sans doute, s'il était là ; serait annonciatrice de caresses.

Dans la rue, de l'autre côté des volets, signal de double appel. Les parents d'Heph, probablement. Lui n'en tient pas compte ; cela attendra.

Ils parlent, encore ; regard d'Heph obstinément tourné vers l'étage. Nouveau signal, dans sa voiture, indiquant l'arrivée d'un S.M.S. Ils se questionnent, s'attendrissent. Veillent toutefois à éviter les formules trop niaises, trop convenues…

Sans même y penser, d'un geste incontrôlé, Justine a fait glisser une bretelle de la nuisette, puis l'autre. Lingerie qui est tombée au sol, faisant naître dans le miroir l'image d'une offrande. De l'offrande d'elle, pour lui ; d'une offrande insue mais absolue, possiblement définitive… S'en est troublée, un instant. Crainte ou plutôt désir qu'il sache ; que, par quelque intuition, il ait deviné ; mais rien dans le ton d'Heph ni dans ses mots n'est venu par la suite le suggérer.

Ont continué à échanger ; à s'émouvoir. Longtemps.

Puis ont raccroché.

————————————

Retour dans l'appartement. Sa conversation avec Justine a déridé son visage, l'a incité à détacher le muselet de la bouteille. Bulles qui se hissent laborieusement dans un verre à eau, à défaut de flûte ou de coupe.

Trop tard pour téléphoner à ses parents. Cela attendra demain.

Se rappelle presque par hasard d'avoir reçu un S.M.S. Allume son smartphone.

Bonne année, Heph, et à bientôt !

Mila (Smiley « Bise »)

Surprise ; gêne ; trouble…

Un peu perplexe, Il répond par une phrase équivalente :

Bonne année à toi aussi, Mila ! À lundi !

Heph (Smiley « Clin d'œil »)

Éveil brutal, vers 10 heures ; la porte d'entrée de ses voisins qui venait de claquer. Sans doute étaient-ils partis acheter du pain. Rêve interrompu, brisé, mais dont demeurait le souvenir, d'une précision clinique. Justine n'y figurait pas ; Mila, si, qui l'enlaçait…

———————

18 h 15 ; moment venu d'aller chercher Justine à la gare. Vision onirique de la nuit encore vive dans son esprit, embarrassante ; suscitant une malaise, un sentiment de honte d'avoir, fût-ce par la pensée, trahi sa compagne. Une photo arriva opportunément sur son smartphone pour l'arracher à ses contradictions : l'épaule droite de Justine, de face, accompagnée d'un texte.

À tout de suite !

Justine (Smiley « Cœurs »)

———————————

Ne remarqua même pas que le visage de la femme ne présentait aucune trace de bronzage ; qu'elle était même, peut-être, encore plus pâle qu'à l'habitude. Sans doute le temps avait-il été maussade, sur Megève…

Ils ne purent patienter jusqu'au repas, ce jour-là. À peine la porte de l'appartement refermée, les bagages – refaits à la hâte – de Justine tombèrent au sol sans précaution, jalonnant son trajet jusqu'à la douche de monticules bariolés.

Réapparaissant encore humide, elle s'étonna presque qu'Heph ne soit pas encore dévêtu ; déboutonna sa chemise avec dextérité, fit pareillement avec son pantalon ; le précipita sur le lit avant même qu'il ait pu faire glisser son caleçon et ses chaussettes.

Pour la première fois de la journée, lui parvint à faire abstraction de son rêve.

Et, surtout, étonnement d'une satisfaction synchrone, cette fois. Avenir devenant conjecturable…

Lundi. Mila fait le tour de la salle pour embrasser et présenter ses vœux à tous et toutes. Certaines femmes, surprises, esquissent un mouvement de recul mais il serait incorrect de refuser le contact. Elle finit par Heph, peut-être par hasard.

– Bonjour, Heph ! Je sais que je t'ai déjà présenté mes vœux mais ça n'empêche pas de se faire la bise !

La bouche de Mila vient se poser sur ses joues. Toujours ce parfum fleuri mais subtil, qu'Heph perçoit avec plus d'acuité que d'habitude. Il fume moins, ces temps-ci ; retrouve progressivement une partie de son odorat. Elle :

– Tu sais ce que Justine fait, ce soir ? Je serais bien passée la voir.

Heph faillit trébucher. Le piège était là, tendu, presque invisible ; il l'évita *in extremis*.

– Je n'ai pas eu de ses nouvelles depuis un moment. Aucune idée… Tu n'as qu'à lui téléphoner

– Plus que ça à faire, en effet…

Se retourne, se dirige vers la table blanche ; s'arrête, guide son regard vers Heph, de nouveau.

– Mais, au fait, si tu as envie de venir prendre un thé chez moi, un soir, n'hésite pas ! Je ne vois pas grand monde en ce moment…

Heph a failli ne rien prononcer. Quelques images du rêve ressurgissent de l'oubli ; le déstabilisent.

– Pourquoi pas, merci ! Je ne te propose pas la même chose : c'est un peu le chantier, dans mon appart', actuellement...

Elle lui sourit ; repart.

Avant de reprendre son travail, Heph envoie un S.M.S. à Justine :

Mila m'a dit qu'elle voulait passer chez toi,
ce soir.

Une heure s'écoule. Message :

Je lui dirai que j'ai du travail. Mais, de toute façon, on ne pourra pas se cacher indéfiniment.

Heph ne sait si le temps que Justine a mis pour répondre est dû au fait qu'elle était occupée, ou à la nécessité d'une réflexion approfondie. Répond :

Et si elle essaie d'en savoir plus sur nous deux,
qu'est-ce que je fais ?

20 minutes d'attente, cette fois.

Tu lui dis.

Mila a téléphoné, effectivement. Justine s'est excusée mais n'a pu rejeter une nouvelle invitation, pour le samedi suivant. Mila doit déménager dans son gîte le lundi d'après, pour toute la durée des travaux ; impossible de différer. Mila :

– Super ! J'appelle Heph pour lui demander s'il est disponible, lui aussi.

Quelques secondes. Un autre smartphone vibre, puis sonne, un mètre plus loin.

Samedi 8 janvier

Mais qu'est-ce qui m'a pris, bon sang, de les inviter tous les deux, et juste eux ?

Bon, je sais que le seul but cherché était d'avoir une certitude, mais quand-même ! Comme si j'avais une tête à perdre une soirée à tenir la chandelle, à contempler l'air niais et béat de deux amoureux !

Justine a dû passer la semaine à lui faire la leçon : dire à Heph d'éviter les élans de tendresse, les allusions trop intimes… J'ai même passé la moitié du temps à aller dans la cuisine ou dans ma chambre pour les laisser seuls ; pour voir si, pendant mon absence, ils baissaient la garde… Bon, O.K., pas très fière de m'être abaissée à les épier par le trou de serrure ; je ne pensais pas que ça m'arriverait un jour. Mais, résultat : néant. Aucun bisou furtif, aucune main baladeuse… Enfin, peu importe ; rien qu'à voir leurs regards complices, ça confirme ce que je pensais : ils étaient déjà ensemble avant les vacances. Je veux bien parier mon plus beau soutien-gorge là-dessus – le bleu pétrole, avec des broderies blanches et effet push-up !

Ceci dit, j'avoue que je suis assez fière de mon comportement ; j'ai été im-per-tur-bable ! Un marbre. Pas un mot qui dépasse, rien ; même pas une petite œillade coquine vers Heph… Tu m'aurais vue, cher journal : une sainte ! Tiens, pour dire : s'il ne faisait pas si froid, j'irais tout de suite brûler un cierge dans la première église venue en hommage à moi-même.

Bon, évidemment, la conversation a été d'un ennui sidéral. Ils ont fait aussi attention que moi à ce qu'ils disaient ; que tout reste bien lisse et propre ; neutre... C'est tout juste s'ils ne faisaient pas exprès de poser systématiquement leurs deux mains sur la table pour bien me montrer qu'il ne se passait rien, en dessous... C'était tellement gros que j'ai presque eu envie de faire du pied à Heph, qui était en face de moi, juste pour faire exploser en fragments subatomiques sa carapace pudibonde... Et tu me connais, cher journal : quand je fais du pied, ça ne se passe jamais en dessous du genou, mais plutôt entre les deux et un peu plus loin...

Mais non ! Je répète ; je réitère ; je confirme : une sainte !

Enfin, une chose m'agace : que Justine ait essayé de me la « faire à l'envers ». Comme si j'étais encore à l'âge où ça m'amusait de piquer les copains de mes amies juste parce que je ne supportais pas de ne pas être le centre du monde ; la gare de Perpignan, comme eût dit Dali... De toute façon, c'était trop facile ; même plus drôle...

Le seul problème, c'est que Heph, je le côtoie tous les jours ; et que, finalement, il n'est pas si mal. Oui, je sais, cher journal : il y a encore quelques mois, je ne l'avais mis qu'en liste supplémentaire, et encore... Mais je suis en manque, là... Et ça modifie beaucoup la perception des choses.

Mais...

Non, Justine : dors tranquille dans les bras de ton amoureux… Mila-la-vilaine n'existe plus, c'est Sainte-Mila qui te le dit.

Bref, comme je le répète un peu trop souvent ces derniers temps, ce soir ce sera ceinture de chasteté, bouquin… Tiens, et puis peut-être une petite verveine, pour changer…

À bientôt, cher journal…

Lundi 10 janvier

Ça y est : j'ai pris possession de mes nouveaux appartements. Un petit gîte sympa et bien rénové à 10 minutes du boulot. Tout équipé, y compris les draps ; j'ai juste eu à emporter un bon tiers de mes vêtements – ceux d'hiver, j'espère quand même être revenue dans mon appart' avant le printemps ; et évidemment toute ma lingerie : pas envie que les ouvriers aillent fantasmer dessus ! –, ma trousse de toilette, quelques livres, mon ordi, une ou deux dizaines de paires de chaussures… et bien sûr toi, cher journal !

Quand je suis partie, les ouvriers étaient en train d'installer des bâches plastique partout ; j'espère qu'ils ne vont rien casser.

Enfin, ça fait bizarre de se retrouver toute seule, comme ça, dans une grande maison… Une ancienne ferme, même, apparemment. Je ne pense pas avoir un seul voisin à moins de 300 m. Il va peut-être falloir que je ferme les volets et que je pense à tourner la clé dans la serrure, le soir, si je veux préserver ma virginité…

Ah ! Non ! Ce n'est pas bien, Monsieur Mon Journal : je viens de vous voir ricaner ! Inutile de nier ! N'oubliez pas que vous me devez tout, à commencer par votre existence !

J'ai envoyé ma nouvelle adresse provisoire à quelques personnes : Justine, Heph, mes parents (mais surtout pas Freddy !), quelques copains – même si le lit est un peu étroit ; un petit 140 cm à tout casser – ; mais *il faut bien vivre et le désert affectif que je traverse commence à me sembler interminable, donc on fera avec les moyens du bord !*

Par contre, il va falloir que j'aille faire des courses tout de suite, parce qu'il n'y a vraiment rien à manger ici.

Je suis donc obligée de te laisser, cher journal...

À bientôt !

Remous

Le comportement de Mila, à « Fenêtres et Clair » ne cesse d'intriguer Heph. Certains jours, ses yeux s'enluminent dès qu'elle l'aperçoit. D'autres, elle semble mettre toute son attention à éviter son regard.

Dans la rue, la meute de ses admirateurs s'est clairsemée. Non que le désir des déserteurs se soit estompé, mais bien des concurrents sont trop jeunes, séduisants, trop cultivés ou drôles pour que les absents actuels puissent espérer se mêler à la lutte avec quelque chance de succès. Ceux-ci se contentent donc le soir de ramener, tapie dans leur esprit, l'image de la nymphe encore magnifiée du flot de leurs fantasmes. Son évocation meublera leurs pensées, devant la télé qu'ils n'apercevront qu'à peine ; réjouira aussi quelques épouses étonnées de l'ardeur retrouvée de leur mari, et qui oublieront de s'alarmer du fait que ses yeux soient obstinément fermés.

Il ne subsiste donc que le dernier carré, l'élite, qui regarde Heph d'un air dédaigneux quand, parfois, le soir, Mila vient lui dire quelques mots avant de monter en voiture.

Généralement, Mila le questionne sur la pérennité de sa liaison avec Justine – qu'Heph a confessée un soir d'inattention, mais le doute ne subsistait guère – ; semble se réjouir lorsqu'Heph évoque leur complicité, leurs attentions constantes. S'étonne toujours du fait que Justine ne souhaite pas le voir avant l'heure du repas ; s'enquiert de la façon dont il occupe ce temps libre. Heph raconte ses travaux qui n'avancent pas, son absence de toute prédisposition pour le bricolage. Ils s'éloignent après une bise, regagnent chacun leur voiture.

————————————

Le soir, Heph ne juge pas utile d'évoquer ces apartés avec Justine. Sait que chaque fois que le nom de Mila est prononcé, son visage se contracte, se ferme. Souvent, elle prend alors ses deux mains dans les siennes, s'efforce au sourire. Le regarde longuement, attendrie et émue, comme une mère qui verrait son dernier enfant quitter le cocon familial.

Heph dispose maintenant d'une petite moitié des pièces du puzzle de Justine, morceaux qu'il assemble avec application sur son ordinateur et qui, par la magie du numérique, devraient lui permettre à terme d'obtenir deux photos de la taille d'un poster sans délimitations visibles.

Elle ne s'est pas contentée de se tenir droite et rigide devant l'objectif ; s'est apparemment allongée sur le canapé dans une pose souple qui souligne ses courbes ; a dévoilé juste ce qu'il faut pour ne pas créer de frustration mais, à l'inverse, attiser la rêverie. Rien qu'à observer le léger croisement des cuisses, au niveau des genoux, on sait déjà que le résultat final suscitera moins d'indignation que « L'origine du monde » de Courbet ; que ce n'était pas le but recherché.

Mais outre certains éléments suggestifs, il manque l'essentiel : ses yeux.

———————————

21 janvier. Mila est nerveuse, aujourd'hui ; presque agressive. Répond de manière cassante aux employés qui viennent lui demander un renseignement, un service... Ceux-ci repartent incrédules, déstabilisés. Ils sont tellement accoutumés à sa perpétuelle bonne humeur...

Heph regagne sa voiture, la journée finie. Il voit Mila se diriger vers lui. Son attitude a changé. D'agacée et brusque, elle est devenue presque timide ; hésitante. Il lui faut un long moment pour rejoindre la 4L. Elle reste droite, près de la portière. Semble chercher sa respiration.

– Heph...

– Oui, Mila ?

La bouche de la femme s'ouvre ; demeure ainsi, absurdement béante. Aucun mot n'en sort. Son corps semble s'affaisser légèrement.

– Non, rien...

S'éloigne.

21 janvier

J'ai bien failli craquer, aujourd'hui. Je n'arrête plus de penser à lui. J'ai envie de lui. J'ai besoin de lui... D'aucun autre... Ils me dégoûtent, tous...

Je me sens mal. J'AI MAL !!! Je m'arracherais la peau, les tripes, le cœur, le cerveau... Je ne peux pas encore faire ça à Justine... J'en pleurerais d'être si faible, si garce... De ne pas pouvoir contrôler mes pulsions...

AIDE-MOI, cher journal !

PARTIE 5 :
INTERFÉRENCES

Fusion. 24 janvier

18 h. Petite fermette de plain-pied séparée en deux gîtes, l'autre étant apparemment occupé – il y a déjà deux voitures... Pleine d'authenticité à l'extérieur mais parfaitement restaurée dans un style contemporain dès la porte passée. Phi a garé son Combi derrière la petite voiture verte.

Elle lui indique un fauteuil où patienter, le temps qu'elle prépare un café, ou un thé ; comme il le souhaite.

Elle dépose deux tasses fumantes sur la table basse, s'installe face à lui. Ils se regardent, comme incrédules, le temps des premières gorgées.

Lui :

– Ton prénom, c'est ?

– Aucune importance. Comme tu veux…

Temps de réflexion. Se rappelle ce qu'il a dit à Sig, en octobre ; reprend.

– Mousse ? Ça ira ?

– Ça ira. Et toi ?

– Phi.

– Bienvenue, Phi.

Ils avalent d'autres longues gorgées, dans le silence.

———————

Ils devaient parler, l'avaient dit.

N'ont formulé aucun mot.

Ils se savent, déjà. Tout du moins le nécessaire. S'attendent depuis si longtemps qu'ils ont eu le temps de se rêver, et que cette réalité virtuelle, même fallacieuse, leur suffit.

De toute façon, aucune parole qu'ils pourraient prononcer n'apporterait d'explication logique, cohérente. Il n'y a que des faits, qu'ils doivent accepter. Ils savent tous deux que l'autre est là ; que c'est lui et que c'est elle.

Rien d'autre n'est signifiant.

———————————

Lui, qui se lève ; va chercher ses affaires dans le Combi, sans un mot. Mousse l'a rejoint, va accrocher ou plier les rares vêtements de Phi dans l'armoire, auprès des siens. Parmi les siens, sans se soucier de constituer des piles distinctes. Dépose sa trousse de toilette dans la salle de bain.

Lui :

– Il y a à manger, pour ce soir ?

– Oui ; il y a ce qu'il faut. Pas la peine de rebouger aujourd'hui.

Nuit. Ils lisent, l'un face à l'autre ; des romans laissés là par les propriétaires du gîte.

Ils sont sans impatience ; en paix. Ne se sont pas touchés, effleurés ; pas encore, pas même les mains. S'interrompent de longues minutes pour relever la tête et contempler l'autre. Yeux verts, de Mousse, ponctués de taches dorées ou orange, suivant l'éclairage. Nez fin et droit de Phi entre ses yeux bleus, la peau de son visage éternellement bronzée. Elle, les cheveux mi-longs, châtains, naturellement ondulés. Reprennent leur lecture. Ils ont le temps. Tellement.

Ont allumé un feu dans la cheminée ; chaleur superflue mais surlignement du bien-être. Sérénité.

---

22 heures, peut-être.

Elle, qui pose son livre entrouvert sur la table.

Lui, qui s'en aperçoit, fait de même.

Se dévêtent chacun sans hâte, à l'aveugle, tous deux trop absorbés par la vision de l'autre se dévoilant.

Contact, le premier. Nul séisme ; nul effarement d'exultations jusqu'alors insoupçonnées.

Juste une étreinte douce, complice ; parfaitement aboutie et maîtrisée.

Ils sont étendus sur le canapé du salon, devant la cheminée. Nus, simplement enveloppés d'une même couverture. Lui a fermé les yeux et lit en braille le corps de Mousse ; méticuleusement pour ne laisser aucune vallée, plaine ou colline ignorée.

Sous l'apaisement de la caresse, Mousse glisse vers le sommeil, la tête posée sur le torse de Phi.

Il a attendu qu'elle se réveille d'elle-même pour qu'ils regagnent le lit.

———————————

Il fait grand jour, maintenant. Depuis près d'une heure, il observe le visage de Mousse qui sommeille, écoute son souffle paisible.

Elle entrouvre les yeux, lui sourit. Il glisse sa main dans les vagues brunes des cheveux.

– Bonjour, beauté !

———————————

De temps à autre, Mousse disparaît toute l'après-midi. Parfois une journée entière ; ou deux, sans jamais prévenir. Phi ne s'en alarme pas. Il entretient le feu dans la cheminée, se prépare des repas alléchants, visite la région dans la journée ; lit, le soir. Il n'a pas de crainte, pas de manque. Il ne doute pas de son retour et cela seul suffit.

Une chose le trouble, cependant : le fait que Mousse demeure aussi désirable au réveil qu'au coucher, que sa seule présence ait suffi à éradiquer ses hallucinations matinales.

———————————

Un soir où Mousse s'était absentée, il a reçu un appel de Sig.

– Salut, Phi. Tu es où là ? Moscou ? Hong-Kong ? Dis-le tout de suite, parce que je ne suis pas certain que mon forfait prenne en compte les appels internationaux…

– Non, t'inquiète… Limoges.

– Ça va ?

– Plutôt bien…

– Je t'appelais juste pour voir si tu voulais des nouvelles d'Enéa… Ça t'intéresse ?

Phi, surpris, comme émergeant d'une amnésie passagère, trébuchant encore dans les brumes de l'oubli :

– Oui, pourquoi pas…

– D'après Ninon, ça n'a pas duré, avec son journaliste… Trop coincé, rigide, maniaque… Un pot de yaourt rangé sur la mauvaise étagère du frigo et c'était la crise de nerf… Bref, elle est « libre », en ce moment, si tu suis ma pensée.

Silence de Phi. Sig reprend.

– Après, c'est à toi de voir… Mais, évidemment, si tu n'as toujours pas résolu ton problème…

– Non, pas résolu… Juste trouvé un contre-exemple.

– Euh, tu m'excuses, là, mais j'entends Ninon qui rentre... Elle m'avait fait promettre de ne pas t'en parler... Mais tu m'expliques tout ça un autre jour ?

– O.K. Merci.

– À plus...

Phi a raccroché, convoque l'image d'Enéa... Qui aurait-il choisi, entre elle et Mousse, s'il n'y avait pas eu ses hallucinations récurrentes ? Elles sont aussi attachantes l'une que l'autre, aussi séduisantes... Peut-être Enéa est-elle un peu plus troublante... Mais constate que son questionnement est stérile. Il n'a de toute façon pas d'alternative.

————————

Lui, un matin, son Nikon à la main :

– Tu poses pour moi ? S'il te plaît...

Elle, observant l'appareil, amusée et radieuse :

– Dis-moi juste ce que tu attends, parce que je ne sais pas faire ça ; je ne saurai pas trouver toute seule les bonnes attitudes...

Ils choisissent une pièce où la lumière du jour est effleurante, propice ; déplacent quelques meubles ; n'en laissent qu'un où deux, moins modernes que les autres et qui évoquent la douceur. Un lit. Un fauteuil. Une chaise en paille.

Mousse se déleste de quelques vêtements ; en garde d'autres, parfois, à la demande de Phi. La nudité n'a pour elle rien d'obscène ni de gênant. Simplement un état naturel, les pulls et autres pièces de tissu n'ayant à ses yeux pour seule vocation que d'être décoratifs ou de pallier une chaleur insuffisante. Il est même rare qu'elle se soucie de revêtir quoi que ce soit, quand elle se déplace à l'intérieur du gîte.

Elle pose donc avec relâchement, sans vulgarité ni sensualité surjouée ; flattée, peut-être, que son corps soit l'objet de l'attention de l'objectif et du photographe.

Phi interrompt la séance au bout d'une heure, à regret. La beauté de Mousse lui aurait inspiré bien d'autres poses mais le niveau de sa batterie baisse visiblement et il n'est pas certain de pouvoir trouver un chargeur universel à Limoges ; tout du moins, ne sait pas où...

Soir. Phi regarde les photos prises sur l'écran arrière du Nikon ; en efface quelques-unes qu'il juge plus racoleuses qu'émouvantes. Une chose l'intrigue. Sur presque toutes, il ne retrouve pas exactement le ressenti qu'il a eu le matin en appuyant sur le déclencheur. Agrandit l'image, la réduit. Rien à voir avec ses hallucinations, bien sûr, mais il ne parvient pas à définir la raison de son trouble sur un aussi petit écran ; il lui faudrait un ordinateur.

Fission. 24 janvier

Lundi. Fin de la journée de travail. Mila a paru encore plus fébrile que le vendredi précédent. C'était si perceptible que même ses admirateurs les plus fervents ont évité de l'approcher ; l'ont laissée fumer plusieurs cigarettes seule, dans la rue, marchant de long en large d'un pas heurté, la tête penchée vers le sol.

Heph la voit se diriger vers sa Peugeot, s'y engouffrer, claquer précipitamment la portière. S'écrouler sur le volant, apparemment agitée de spasmes.

Il court jusqu'à la voiture, frappe plusieurs fois à la vitre, de la jointure de l'index… Mila relève la tête, le regarde, les yeux rougis par les pleurs. Le mascara s'est écoulé en traînées sombres sur ses joues. Elle se mouche, observe son visage dans le rétroviseur, lance le kleenex usagé sur la banquette arrière et baisse la vitre, sans même tenter de gommer les souillures de son maquillage.

Lui :

– Ça va, Mila ?

– Non… Pas du tout…

– Tu as un problème ?

Silence ; long, interminable. Elle, regard fixé obstinément vers le volant. Finit par répondre, bien plus tard. Voix faible.

– Je voudrais te parler, Heph.

– Euh... Oui, bien sûr... Ici ?

– Si tu veux venir chez moi... C'est à 10 minutes, à peine...

Heph regarde sa montre. 17 h 10. Il a largement le temps ; n'a rendez-vous chez Justine qu'à 20 h.

– D'accord, je te suis... Mais tu es en état de conduire, là ?

– Oui, ça ira.

Heph regagne sa 4L. Voit Mila, les bras tendus cramponnés au volant, qui respire lentement, profondément, pour retrouver le contrôle de son corps.

Elle démarre ; il la suit. Quittent Limoges pour rejoindre Feytiat ; 125, rue d'Eyjeaux.

Mila gare sa voiture ; lui s'arrête derrière elle. Elle, la tête baissée, encore. Sort les clés de sa poche, ouvre, le laisse pénétrer.

Il n'a pas enlevé son manteau ; elle non plus. La porte d'entrée est encore ouverte.

Elle, Mila, qui se précipite vers lui, l'étouffe de ses bras ; dévore sa bouche, lèche ses joues, ses mains, ses yeux, son front, toutes les parties de peau qui émergent du manteau ; mordille ses doigts, ses oreilles ; l'enserre encore, l'asphyxie tant sa langue s'aventure loin entre ses lèvres ; glisse ses doigts dans ses cheveux, caresse son visage de ses deux mains, le contemple, pleure, gémit, s'affaisse à ses pieds, les yeux tournés vers les siens, loin, vers le haut. Étreint les jambes d'Heph comme elle le ferait d'un tuteur, pour ne pas retomber... Frissonne, maintenant ; sanglote ; voix qui tressaute sous les hoquets. Suffoque. Peine à retrouver sa respiration dans les convulsions qui la malmènent ; ne peut plus parler, plus rien dire. La peau pâle de son visage s'empourpre de l'absence d'oxygène.

Heph la relève, prudemment. La respiration de Mila est encore haletante, ses inspirations saccadées.

Sa voix redevient presque audible, s'exhausse du murmure jusqu'au hurlement.

– Excuse-moi, Heph... Je t'aime... Je t'aime... Je t'aime... Je t'aime !

Heph n'est plus capable d'aucune pensée construite, réfléchie. N'est pas mort ; pas vivant non plus... Plutôt dans un état intermédiaire où il n'a plus aucun contrôle ; conscient, certes, mais comme distancié de la réalité ; syndrome d'enfermement. Il perçoit confusément la pression du corps de Mila contre le sien, les larmes qui viennent mouiller ses mains en lourdes gouttes tièdes et intermittentes, comme annonciatrices d'orage.

Mila a relevé la tête ; ses yeux encore embués fixent ceux d'Heph, presque implorants.

– Je voudrais que tu viennes...

Heph la suit jusqu'à la chambre. Ne parvient pas à réagir ; ne le souhaite pas, sans doute. Comment refuser ce que vous désiriez plus que tout ; dont vous n'osiez même plus rêver ? Ils n'ont pas refermé la porte d'entrée, mais qu'importe : il n'y a apparemment pas de voisin.

───────────────

Mila n'est vêtue que d'un drap ; pleure de nouveau. Tourne son visage vers celui d'Heph, sourit à travers les larmes.

– C'était merveilleux…

Se retourne brusquement, enfonce son visage dans l'oreiller comme pour masquer sa honte. Frappe violemment le matelas de son poing droit, plusieurs fois, avec rage, main gauche malmenant le drap housse. Sa voix est déchirée par les sanglots, de nouveau.

– Comment j'ai pu faire ça ?

Les yeux d'Heph sont rougis, eux aussi. Mila s'est redressée, s'en aperçoit. Elle lui caresse tendrement la joue.

– Non, Heph… Tu n'as rien à te reprocher. C'est moi la seule fautive.

Elle embrasse ses lèvres ; délicatement, cette fois. Presque un effleurement. Elle reprend :

– Qu'est-ce que tu vas faire ?

– Comment ça ?

– Tu peux ne rien dire… Oublier…

S'interrompt. Poursuit :

– Même si je ne le souhaite pas.

Lui :

– Je ne sais pas.

Ils vont se doucher ; l'un – Mila restant pensive, sur le lit –, puis l'autre. Se rhabillent. Regagnent la cuisine – maintenant glaciale de la porte restée ouverte – pour boire quelque chose de chaud. Restent muets.

19 h. Il est temps qu'il reparte. Doit se changer avant d'aller chez Justine. Elle :

– Tout est encore possible, Heph. Repartir en arrière… Ou… C'est moi qui ai forcé tes choix, jusqu'ici. Je sais que j'ai ce pouvoir-là, que c'est une arme terrible, imprévisible ; souvent ingérable. Mais je te rends ta liberté, maintenant, si tu le veux. Enfin… Je peux essayer ; c'est peut-être possible... Et tant pis si, pour moi, c'est douloureux.

Elle l'embrasse, encore, doucement.

– Prends la bonne décision, pour toi ; pour Justine. Prends le temps, s'il le faut. Ma porte t'est ouverte.

S'interrompt. Reprend, tête baissée, yeux fixant le sol ; voix désabusée, lasse :

– Mais si c'est pour des rendez-vous de cinq à sept, à la sauvette, laisse tomber. Ne réfléchis même pas : je préfère encore l'absence… Celui-là, c'était le premier et le dernier. Mais je n'ai pas eu la force de m'en passer...

Heph a le ventre noué ; les pensées en errance. Il y a à peine une heure, il a levé le bras et, de l'index, a touché le ciel. Affronter le présent lui semble une tâche beaucoup plus insurmontable.

Il s'est changé, s'est rendu chez Justine. Il est devant sa porte, maintenant. Ne sait pas, ne sait rien. Il va entrer, elle va venir vers lui... Et après ?

Son corps scande le nom de Mila, sa raison celui de Justine.

Il entre, sans frapper...

– Bonsoir, Justine !

Il a voulu prendre un ton enjoué mais sa voix s'est rebellée. Le son produit dénonçait le trouble, l'hésitation.

Justine s'est approchée, souriante, pour l'enlacer. S'est arrêtée un pas trop tôt en voyant son visage. A fixé ses yeux. Peut-être Heph a-t-il détourné légèrement le regard pour qu'elle ne décèle pas sa honte ; ne sait plus, ne s'en est pas rendu compte, en tout cas...

Elle :

– Ça y est ? Tu l'as fait ?

– Quoi ?

– Mila.

Heph reste muet, longtemps. Trop.

Justine a regagné le canapé, s'est assise, se tient la tête dans les mains comme pour réfléchir à un problème requérant une concentration extrême. Plusieurs minutes s'écoulent.

Heph est toujours debout, devant la porte. La voix de Justine lui dit d'approcher ; triste mais calme.

Heph va s'asseoir près d'elle ; se sent trop méprisable pour s'autoriser à la regarder.

– Excuse-moi.

Silence.

Elle lui prend la main.

– Je ne t'en veux pas.

Elle reprend, plus tard :

– Ne t'inquiète pas : je m'y attendais ; j'étais prête. La première fois que c'est arrivé, nous avions 17 ans, Mila et moi. Je l'ai maudite ; d'autant plus qu'après un mois, elle l'avait déjà laissé tomber pour un autre. Nous sommes restées un an sans nous parler ; un peu plus, même.

Elle s'interrompt pour laisser les souvenirs exacts remonter les méandres de sa mémoire.

– Ça n'a jamais été systématique, ceci dit. Lorsqu'elle-même était en couple, ou qu'elle n'avait pas d'occasion pour côtoyer mon copain, je n'avais pas d'inquiétude à me faire. Mais là, elle était seule, et en plus elle travaillait dans la même boîte que toi : c'était perdu d'avance… Enfin, de toute façon, si vous n'aviez pas bossé ensemble, on ne se serait jamais rencontrés… Donc pas de regrets à avoir…

Elle le regarde, esquisse un sourire forcé comme si sa dernière phrase était un trait d'humour intentionnel.

Lui :

– Pourquoi tu continues à la voir ?

Justine caresse la joue d'Heph ; murit longuement sa réponse.

– Parce qu'avec le temps, je suis devenue pragmatique. Je n'ai aucune confiance en Mila, évidemment ; tout du moins de ce point de vue. Cela dit, je ne lui en veux même pas : c'est plus fort qu'elle, et je crois que ses remords sont sincères à chaque fois qu'elle fait ça. Mais, aussi illogique que ça puisse paraître, cette… cette perversion, je ne sais pas si c'est le mot approprié, s'il est outrancier ou, au contraire, trop indulgent, est peut-être la principale raison – la seule, même – pour laquelle je tiens à tout prix à garder son amitié.

– Je ne comprends pas…

– Tout simplement, si un jour elle essaie de séduire mon copain et qu'il ne craque pas, c'est que ce sera le bon ; celui avec lequel je pourrai envisager sereinement de construire un avenir.

Elle marque une pause.

– Désolée, Heph, mais, apparemment, ce n'était pas toi.

Heph a repris sa trousse de toilette, les deux ou trois affaires qu'il avait laissées. Au moment de passer la porte, il s'est retourné, a étreint doucement Justine, qui ne l'a pas repoussé.

Lui :

– J'étais bien, avec toi.

Elle :

– Oui ; on a quand même eu de bons moments.

Elle l'embrasse sur la joue, s'écarte pour le laisser partir.

Lui, en sortant :

– Tu es une belle personne…

Elle, d'abord crispée, puis rageuse soudain ; carapace d'indifférence fêlée, puis fendue, fracturée. Maintenant obscènement béante. Qui ne lui permet plus de se maîtriser, de feindre le détachement :

– Ah, non ! Épargne-moi au moins ce genre de clichés, de lieux communs pour émissions de téléréalité ; phrases toutes faites pour suggérer qu'on a du vocabulaire, de la profondeur d'esprit… Pourquoi pas « Tu es gentille » ou « Je t'aime bien », pendant qu'on est dans le mauvais goût ? Tu n'imagines pas à quel point je te remercie, Heph : jusqu'ici, tu ne m'avais pas déçue ; pas même pour Mila puisque je m'y attendais… Maintenant, c'est fait. Comme ça, j'aurai moins de regrets…

Referme la porte, un peu violemment.

Saisit son smartphone. Efface de la mémoire les pièces de puzzle restantes.

Collision

Ils vivent de peu, de rien. La présence de l'autre est pratiquement suffisante. Quand il consulte son relevé bancaire sur son smartphone, Phi constate que le nombre inscrit sur son compte baisse doucement, essentiellement du fait du prix du gîte et des frais de chauffage, mais sans générer d'inquiétude.

Lors des absences de Mousse, il fait le tour des fermes et villas alentours, en quête de petits travaux. Ce n'est pas la saison pour le jardin ou la taille des arbres – d'autant qu'il n'a avec lui ni sa remorque, ni son matériel –, mais il trouve toujours un peu de maçonnerie à faire, des tuiles à replacer, des grillages à poulets à changer pour dissuader les renards.

Parfois, les habitants lui donnent quelques dizaines d'euros ; plus souvent, ils paient en nature… Œufs, morceaux de cochon, pièces de gibier tué à la chasse, pommes de terre, légumes d'hiver, eau-de-vie plus ou moins licite. Heureusement, le gîte est pourvu d'un congélateur, qui lui permet de stocker la viande.

Ses habits sont trop peu nombreux ; ne lui permettent plus de suivre le rythme des lavages. Il devra aller en ville, bientôt, pour étoffer sa garde-robe dans un magasin à bas prix.

Un jour, il s'est adressé à Mousse :

– C'est quand ton anniversaire ?

– Pourquoi ?

– Si je voulais t'offrir un cadeau…

– Tu n'as pas compris que mon cadeau, c'est toi ? Chaque jour ?

Mousse détourne la conversation à chaque fois qu'il la questionne sur sa famille, ses études, sa vie. Ne sait même pas comment elle paie l'essence de sa petite voiture verte. Parfois, de nouveaux vêtements apparaissent, dans l'armoire. Souvent des robes un peu anachroniques, cintrées à la taille et allant en s'évasant jusque sous le genou, s'arrêtant à l'occasion au dessus. Évocation des tenues des années 50, certaines à motif vichy ou à pois ; photos pâlies de temps révolus, sans doute plus paisibles.

———————————

Un soir, il lui a proposé de repartir avec lui, à Hossegor. Elle a refusé, avec une fermeté inusuelle.

– C'est ici que je t'ai rencontré. C'est ici que je veux vivre. Il n'y a qu'ici que je puisse vivre.

———————————

Un samedi, Phi a croisé Heph, dans la cour du gîte. Se sont salués. Heph qui, d'ordinaire, n'apparaissait que pour démarrer précipitamment sa voiture pour se rendre au travail, n'était visiblement pas sous le joug de l'urgence.

– Bonjour ! Apparemment, vous êtes nos voisins de gîte…

– Oui.

– Enchanté ; moi, c'est Phi.

– Moi, Heph. On ne vous dérange pas en démarrant la voiture le matin, j'espère ?

Mila et Heph ont très vite jugé inutile de prendre deux véhicules séparés. Se rendent au travail ensemble, à l'indicible déception des admirateurs de la jeune femme.

– Non, non… Les deux gîtes sont bien isolés.

– C'est vrai… Sauf entre nos deux cuisines, je crois… Apparemment, les deux parties de la ferme communiquaient autrefois. En déplaçant une armoire, j'ai découvert une porte fermée. J'imagine qu'il doit y avoir l'équivalent chez vous… En tout cas, c'est la seule partie de la maison où l'on entend un peu quelque chose… Des claquements de casseroles ; ce genre de choses… Mais ça ne nous gêne absolument pas, bien sûr…

– Amusant… Il faudra que je vérifie.

Mousse et lui n'ont jamais perçu aucun bruit, mais sans doute Heph et Mila passent-ils peu de temps dans la cuisine ; ont mieux à faire…

———————————

En pratique, une fois le travail fini, Mila et Heph vont souvent errer dans les magasins du centre ville ; fréquentent principalement les boutiques de vêtements. Mila dépense des sommes considérables en lingerie – qu'elle lui laisse choisir, consciente que chaque homme a ses propres fantasmes et qu'il convient d'en tenir compte pour que l'attirance ne se tarisse pas. De même, elle le conseille sur le choix de ses caleçons, boxers, ce qui leur permet, le soir, de s'épargner les téléfilms insipides de la télévision pour les remplacer par des séances d'essayage lascives, interminables et à l'issue infiniment prévisible.

Les vêtements « extérieurs » intéressent peu Mila ; elle se contente de dessus simples, décontractés, souvent amples. Seule et inexplicable incohérence : sa fascination quasi obsessionnelle pour les chaussures, qui se doivent d'être élégantes, originales, parfaitement cirées et entretenues – que ce soit pour elle ou pour lui.

Le regard d'Heph s'attardant rarement en dessous du visage de ses interlocuteurs – sauf en été, lorsque les tenues translucides et légères des jeunes femmes se font suggestives, hypnotisantes –, il n'avait jamais remarqué qu'elle en changeait pratiquement chaque jour. Une pièce entière du gîte leur était consacrée. Logique absconse…

Par contre, Mila attache une grande importance aux habits d'Heph, qu'elle lui offre, souvent. Les souhaite élégants, bien coupés, stylés, mettant en valeur son torse assez puissant et ses fesses fermes et galbées ; probablement ses principaux atouts. Dans la rue, elle s'accroche à son bras ; peut-être pour montrer qu'elle n'est pas seule ; plus probablement pour signifier que l'homme distingué, à ses côtés, lui appartient ; qu'il serait malvenu de s'en approcher.

———————

Le soir, Mousse et Phi lisent, devant la cheminée, blottis l'un contre l'autre sous la même couverture. Phi ne connaît personne, dans la région, si ce n'est quelques paysans âgés auxquels il rend des services. Mousse, encore moins. D'ailleurs, lors de leurs conversations, il ne l'a jamais entendue mentionner le nom d'une amie, d'un ancien petit copain. Ils s'épargnent donc des réceptions, qu'aucun d'eux ne souhaiterait, du reste. Ils ont chacun les yeux de l'autre, son visage, son corps... À quoi bon s'encombrer de superflu ?

———————————

Dimanche matin. Phi a aperçu Mousse, dans la cour, vêtue d'un bonnet et d'un anorak qu'il ne lui connaissait pas. Malgré le froid, le ciel était lumineux, purgé de toute nébulosité. Le temps idéal pour une balade en forêt, à condition de trouver un coin délaissé par les chasseurs. Il a enfilé son manteau, ses chaussures, passé la porte.

– Mousse !

La jeune femme ne s'est pas retournée. Il recommence ; sans doute n'a-t-elle pas entendu :

– Mousse !

Cette fois, elle a pivoté, l'a regardé.

Ce n'était pas Mousse.

Elle :

– Bonjour !

Elle s'approche ; reprend :

– Vous êtes Phi, je suppose... Heph m'a parlé de vous...

Étonnant... Elle fait pratiquement la même taille que Mousse ; brune, yeux verts, elle aussi. Il manque juste les petites flammes orange et dorées dans les iris mais, même chez Mousse, cela peut varier avec l'éclairage. Semble un peu moins maquillée. Par contre, elle a clairement les cheveux beaucoup plus courts ; plus raides, parcourus de quelques fils blancs, aussi. Quant au corps... Difficile de dire, avec un anorak.

– Moi, c'est Mila.

– Bonjour, Mila. Désolé pour la confusion. De dos, je vous avais vraiment prise pour mon amie...

Elle rit...

– Pas de problème... Mais j'espère pour elle qu'elle a moins froid que moi ! J'attends Heph pour partir en balade, mais il a l'air de prendre son temps, mon homme.

Phi s'amuse...

– Moi aussi, j'avais l'intention de faire un tour... Mais j'imagine que Mousse est devant la cheminée, en ce moment. Ça va être difficile de la déloger.

Heph surgit hors du gîte.

– Oh ! Bonjour, Phi... Je vois que vous avez fait connaissance, avec Mila.

– Bonjour, Heph ! Oui ; elle me disait qu'elle commençait à se geler le bout du nez ! En tout cas, bonne balade à tous deux !

Il leur fait un signe de la main, comme un au-revoir. Rentre retrouver Mousse.

Mila et Heph sont revenus vers 2 heures, figés de froid… Poussés par l'appétit, aussi.

Phi n'a pas réussi à persuader Mousse de sortir. Enfouie dans sa couverture devant le feu crépitant, elle lui a souri, voix d'une enfant contrariée :

– Non, j'ai TROP froid…

A poursuivi, d'une intonation plus douce :

– Si tu venais plutôt me réchauffer ?

Les pans du plaid se sont disjoints, alors, sans geste ou mouvement perceptible. Nulle trace de tissu, dans cette échancrure.

Plus tard, dans l'après-midi. Lui :

– Tu l'as déjà vue, l'amie de Phi ?

– Non, jamais. Son nom, c'est Mousse, je crois… Enfin… J'ai un doute : tellement improbable… D'après lui, il paraît qu'elle me ressemble…

– Elle doit être sublime, alors !

Mila vient de lui envoyer un coussin à la figure...

– Ne t'avise surtout pas de la regarder, dans ce cas !

Elle se jette sur lui, le chevauche, l'embrasse à pleine bouche. Voix intentionnellement rauque.

– Tu es à moi... Rien qu'à moi !

Sa main a glissé jusqu'à la braguette d'Heph, s'est refermée brusquement dessus. Elle murmure à son oreille, d'un ton menaçant :

– Si tu tiens à tes misérables petits grelots, oublie de l'oublier !

Rit.

———————————

Paroles, rares. Taquineries espiègles, bien sûr, mais presque uniquement lors de leurs jeux d'adultes. Heph s'en soucie peu ; ne déteste pas le calme. Mila, elle, a besoin du bourdonnement du Monde pour s'épanouir. Au moins le bruit de la rue, ou peut-être des claquements de pas, dans un couloir. Regrette même parfois les colères tapageuses de ses voisins, de l'autre côté de la cloison de son appartement.

La musique ne l'apaise pas. Besoin confus d'être au cœur du tumulte ; mieux encore : d'en être la cause. Désir de contacts, de conversations enfiévrées, de lien social. Mais inutile, bien sûr, de songer à inviter Justine, ou l'un des hommes de sa « cour » habituelle. Une idée lui vient :

– Heph, tu en dirais quoi si on invitait les voisins à prendre l'apéro, un de ces jours ?

– Sur le principe, je n'ai rien contre… Phi m'a l'air sympa…

– Ce soir ?

– Je ne savais pas qu'on avait des apéritifs ou des petits gâteaux, dans le gîte…

Mila n'avait pas envisagé le problème.

– Pas grave… Il suffit d'aller faire deux ou trois courses.

– Un dimanche après-midi ?

Mila refuse d'abdiquer. Allume son ordinateur, lance une recherche.

– Apparemment, le Géant Casino est ouvert jusqu'à 20 h, aujourd'hui, si les infos sont à jour…

Heph réfléchit.

– On peut toujours tenter, mais il faudrait peut-être leur demander si ça les intéresse, avant de prendre la voiture.

Un sourire vient éclairer le visage de Mila.

– J'y vais !

Elle enfile ses chaussures, sort sans même refermer la porte. Déjà, Heph l'entend sonner.

Une minute, à peine, avant son retour.

– J'ai vu Phi. C'est d'accord pour 7 heures.

Déjà, elle a enfilé son manteau.

— Tu viens ?

_____

7 h. Sonnette. Heph se déplace.

— Bonsoir, Phi ; bonsoir, Mousse ; entrez !

Il serre la main de Phi, s'apprête à faire de même avec Mousse mais celle-ci l'a devancé ; a déjà posé quatre bises sur ses joues. Phi :

— On ne vous a rien apporté, mais c'est à charge de revanche, bien sûr.

— Pas de problème... De toute façon, c'est un peu improvisé...

Mila s'est approchée ; a un sursaut d'hésitation, de surprise, en apercevant l'autre femme. S'est ressaisie, déjà...

— Bonsoir ! Phi, je vous ai déjà vu aujourd'hui... Ah ! Et voici Mousse – elles s'embrassent. Allez vous asseoir, j'amène le nécessaire !

Politesses d'usage, verres qui se remplissent, plateau de petits fours qui circule, comparaison des deux gîtes. Vient le temps des questions. Phi se lance le premier.

— Alors ; qu'est-ce qui vous a amenés ici ? En vacances ?

Mila raconte son problème électrique ; n'évoque même pas l'appartement d'Heph, qu'elle n'a jamais vu,

248

d'ailleurs. Ils sont ensemble : le motif est suffisant pour justifier leur cohabitation.

Mila :

– Et vous ?

Mousse et Phi se regardent, complices. Chacun se remémore. Phi :

– Si on essayait de vous l'expliquer, vous nous prendriez pour des fous dangereux... Pour éviter que vous ne vous sentiez obligés de fermer votre porte à double tour le soir et d'organiser des tours de garde, disons que nous nous sommes rencontrés sur la route et qu'on a eu envie de passer un moment dans le coin.

Heph :

– Mousse, je vous ressers ?

– Oui, volontiers... Mais on pourrait peut-être laisser tomber le vouvoiement, non ?

– Tout à fait d'accord... Je TE ressers. Trinquons à cette excellente idée.

———————————

Fin de soirée. Mousse et Mila se regardent longuement en s'embrassant. Ont bien sûr constaté leur presque gémellité mais, plus que ça, ont spontanément éprouvé de la sympathie l'une pour l'autre ; ce genre de relâchement et d'aisance qu'on n'obtient d'habitude qu'après une longue proximité.

Les garçons se serrent la main, chaleureusement.

Ils se reverront. Vite. L'ont promis.

6 février

Cher journal ; j'en profite que Heph est endormi pour t'écrire un petit mot. Je t'ai beaucoup négligé, ces derniers temps.

Je vois que j'en étais restée au 21 janvier. Que de choses se sont passées, depuis !

J'ai craqué le 24 ; je me sentais trop mal, trop honteuse pour te le dire juste après, et Heph est revenu vers 22 heures, avec juste sa trousse de toilette. Il était tellement touchant ! Alors on a eu d'autres choses à faire.

Lui et moi avons beaucoup pleuré, ce jour-là, cette nuit-là ; de joie, de dégoût envers nous-mêmes...

Mais, finalement, je ne le regrette plus. Je me sens bien, avec lui. Son histoire avec Justine lui a donné pas mal d'assurance, de calme ; ça me plaît ; c'est ce qui lui manquait. Et puis, soyons francs : au lit, ce n'est pas mal du tout. Je dirais un bon 7,5/10 de moyenne, depuis le début.

Pour te dire comme la vie est belle : ce soir, nous avons invité les voisins ; Phi et Mousse. Heph n'est pas mal – surtout quand il est bien habillé – mais Phi a des petites choses en plus ; les cheveux blonds, les yeux bleus, sa peau superbement bronzée. Et il est plus sportif qu'Heph, aussi. Et bien, je suis sûre que tu ne vas pas me croire, cher journal, mais je n'ai pas eu une seconde envie de lui... Il est beau, d'accord, mais il ne m'a inspiré aucune attirance particulière.

Si ça continue, je vais finir par penser qu'Heph est le bon ; que je vais peut-être pouvoir me calmer, enfin… On peut rêver, de temps en temps, non ?

Par contre, Mousse m'a surprise. Non seulement c'est presque ma sœur jumelle, mais, en plus, je sens qu'on a plein de choses en commun, plein de rires à partager.

Non, ne t'inquiète pas, cher journal : je ne suis pas en train de virer de bord ; je sais qu'il y a des miracles, parfois, mais pas à ce point-là. Il faut rester plausible, quand même !

En tout cas, j'attends la suite avec autant de curiosité que d'impatience.

À bientôt, cher journal !

Dialogues

Ciel gris, oppressant. Heph et Phi ont rejoint une zone commerciale pour remplir les armoires, les réfrigérateurs ; produits d'entretien, laitages.

Le congélateur de Phi étant empli de viande surabondante, son cellier débordant de légumes et d'œufs, ils ont mis en place un système de troc. Phi fournit les plats principaux, Heph et Mila compensent avec des produits qu'il ne peut pas obtenir de ses « employeurs ». Ils font caddie commun, Heph paie et ils se répartissent les courses une fois rentrés. Ils ne se soucient pas de tenir des comptes pour voir si l'échange est équitable. Ce principe leur convient. Cela suffit.

Mila et Mousse sont ensemble dans une autre boutique, toutes deux ayant constaté que les vêtements de Phi devenaient hors d'usage. Il était grand temps de lui racheter quelques pantalons, pulls, un minimum de linge de corps, d'autant qu'il ne semblait pas décidé à en prendre lui-même l'initiative. Ce n'était manifestement pas une dépense prioritaire pour lui, et cela ne le serait sans doute jamais.

Toutes deux rient en piochant au hasard des rayons les vêtements qui leur semblent les plus grotesques, avant, bien sûr, de les replacer sur les étalages.

Finalement, elles s'accordent sur des tenues jeunes et décontractées, repartent les bras chargés de sacs.

———————————

Le soir, Mousse vient parfois prendre un thé avec Mila. Au début, Heph a tenté de se joindre à elles ; a rapidement constaté que leur conversation ne le concernait pas. Tout sujet de discussion qu'il lançait disparaissait comme un oued dans les sables du désert, après quelques mots polis. Elles recherchaient à l'évidence un échange « entre filles » sur des thèmes qui le laissaient perplexes ; dont il n'aurait jamais supposé qu'ils puissent présenter un intérêt quelconque, faire l'objet d'un dialogue.

Il jugea vite plus sage, lorsque Mousse apparaissait, de rejoindre un fauteuil pour feuilleter un magazine, ou un livre. Bien sûr, cela ne remettait aucunement en cause le plaisir qu'ils auraient, Mila et lui, à se retrouver seuls quand elle serait partie, mais il trouvait parfois que le temps s'écoulait avec une indolence agaçante.

Les journées devenaient moins courtes, en cette mi-février. Parfois, il mettait à profit son exil pour allumer une cigarette dehors – le gîte étant « Non fumeur » – en observant le repli du soleil sous la ligne d'horizon. Un soir, Phi vint le rejoindre, resta près de lui les mains dans les poches en admirant les ultimes flamboyances.

– Si je te dérange, tu le dis, Heph…

– Tu plaisantes, je suppose ?

Silence, qui ne gêne ni l'un, ni l'autre. Heph :

– Tu en penses quoi, des discussions de Mousse et Mila ?

– Pas grand-chose… Je ne sais d'ailleurs pas de quoi elles peuvent parler, puisqu'en général, ça se passe chez vous… Il faut croire qu'il fait plus chaud ; ou que votre thé est meilleur…

Sourit ; reprend.

– Ceci dit, je suis content que Mousse ait trouvé une amie… Elle parle si peu d'elle-même que je me demande si elle en a déjà eu une, dans sa vie…

Il reste songeur ; poursuit…

– Mais, parfois, je trouve le temps long. La télé m'ennuie, je ne suis pas passionné de littérature… J'ai plutôt besoin d'action ; de bouger…

– Pas de hobby ?

– Si. Le surf. Mais, à Limoges, c'est plutôt compliqué – il rit. Et puis la photo, aussi… Mais là, ma batterie est presque à plat, je n'ai pas amené mon chargeur, ma carte mémoire est pleine… Bref ; je suis un peu coincé.

– Il reste quelques photographes à Limoges, qui ont miraculeusement survécu au numérique et à internet… Tu devrais pouvoir trouver ce qui te manque…

– Tu me donneras l'adresse ? J'irai faire un tour demain…

– Pas de problème…

– Au fait, tu as un ordi ? Il y a quelques photos que j'ai prises que j'aimerais voir en plus grand, parce qu'elles m'intriguent…

– Euh, oui, j'ai ramené le mien il y a une semaine ; mais je ne l'ai même pas sorti de la housse, encore… À part des spams, il y a rarement quelque chose dans ma messagerie ; j'ai un peu perdu l'habitude de l'ouvrir… Tu veux que j'aille le chercher ?

– Ben… Si tu as le temps… Sinon, ça peut attendre…

Heph jette un œil par la fenêtre. Autour de la table, Mousse et Mila ont l'air de hurler de rire.

– Je crois que nos dames en ont pour un moment… Elles sont complètement parties, là… Je vais le chercher et je te rejoins chez toi ?

– Ça marche. Je fais couler un café ?

– Pourquoi pas ? Ça nous réchauffera…

———————————

Sont assis autour de la table du salon. Heph a branché l'ordinateur, Phi a extrait la carte S.D. de son D800, la glisse dans la fente correspondante du portable.

Heph :

– Je peux regarder, ou c'est perso ?

Phi sourit.

– Je t'en montrerai quelques-unes tout à l'heure ; mais il faut déjà que je voie s'il n'y en a pas d'indécentes…

Heph sirote son café pendant que Phi fait défiler les photos de Mousse sur la visionneuse. Il en choisit une qui lui semble particulièrement représentative ; zoome. A un doute, l'agrandit encore.

Heph a cru le voir pâlir, subitement. Oui… Il a pâli. Certitude. A remarqué que sa main droite tressautait en manipulant la souris.

Phi en ouvre une autre, l'élargit. Une autre encore ; Ctrl + roulette pour agrandir.

Tente de fuir l'image apparue, de s'en éloigner autant que possible. Le dossier de la chaise interrompt son reflux. Lui ne prononce aucune parole… Heph :

– Ça va, Phi ?

– Moyen ; très moyen.

Il se rapproche à nouveau de la photo ; s'éloigne, semble désorienté. Réfléchit, longtemps.

– Dis, Heph ; tu as un logiciel de retouche d'image, sur ton ordi ?

– Oui, « The Gimp ». Une copine me l'avait conseillé…

– Pas de problème, je connais.

Phi lance le programme, ouvre la dernière photo visionnée. Avec l'outil « Pinceau », recouvre le visage de Mousse d'une tache noire généreusement débordante.

– Tu peux venir voir ?

Heph contourne la table, va se placer derrière Phi. Une photo plutôt coquine mais pas vulgaire. Pas de quoi faire rougir un élève de quatrième d'une école catholique…

Quoique…

S'approche ; regarde de nouveau.

Vient de percevoir l'anormalité. Tout du moins une ; peut-être y en aurait-il d'autres...

A rejoint sa place, déconcerté, mutique. Phi a refermé la fenêtre de la photo, le logiciel ; replacé la carte S.D. dans son Nikon ; éteint l'ordinateur.

Phi :

– On en parle ?

Heph entrevoit au moins deux hypothèses, toutes les deux préoccupantes… Dans l'instant, rechigne à affronter la vérité. Retarde la révélation :

– Je ne sais pas... Pourquoi as-tu masqué le visage ?

La porte s'ouvre brusquement ; Mousse et Mila. Phi allait répondre, peut-être, les lèvres déjà entrouvertes. S'est interrompu.

– Fini de papoter, les garçons ? En vous attendant, Mousse et moi, on a préparé le diner… Je ne vois pas pourquoi on s'embête à prendre nos repas séparément puisque, grâce à Phi, on mange de toute façon la même chose… Alors vous levez vos fesses et vous venez ?

————————

Mousse est partie, au matin. Comme parfois, comme souvent. Sa voiture n'était déjà plus là quand les trois autres se sont levés.

Personne ne s'en est étonné ; ils savent que, de toute façon, elle reviendra. Ignorent quand. C'est tout.

Phi en a profité pour faire un peu de ménage dans le gîte, essentiellement vers l'entrée. La pluie s'ébrouant avec obstination sur la cour en terre battue ne simplifie pas les choses, même en laissant ses chaussures dans l'entrée. N'appréciant les travaux ménagers qu'avec modération, il fit une pause en début d'après-midi pour aller à Limoges acheter un chargeur pour sa batterie, une carte S.D. de 32 Go. En ville, son smartphone lui signale l'arrivée d'un S.M.S.

Bon anniversaire, Phi !

N'oublie pas de revenir un jour, quand même !

Sig et Ninon

Il les remercie par retour. 12 février, déjà. Il avait complètement oublié. N'a jamais attaché beaucoup d'importance à ce changement d'âge ; sans doute du fait que ses parents ont très tôt réduit la célébration à une simple carte et, dès ses dix ans, à une significative somme d'argent dans une enveloppe pour éviter d'avoir à arpenter les rues en quête d'un cadeau. Phi n'a jamais perçu cela comme un manque d'attention ou d'affection – tout du moins n'en a pas conscience ; il n'est guère de doute qu'un psychanalyste le convaincrait du contraire – mais s'y est accoutumé. S'arrête tout de même acheter un gâteau et une bouteille de champagne, plus pour Mousse, Heph et Mila que pour lui-même, n'ayant jamais trouvé d'intérêt particulier à ce breuvage plutôt fadasse et hors de prix.

Par contre, cela lui rappelle qu'ils sont à deux jours du 14. Il ne connaît pas la date de naissance de Mousse, mais la Saint-Valentin concerne tout le monde…

Erre dans les rues en quête d'une d'idée, s'arrête brusquement devant une boutique, observe la vitrine…

Pourquoi pas ?

Il est temps de regagner le gîte. Nouveau S.M.S. Peut-être un message de Mousse… Mais, non, c'est impossible : il ne se souvient pas lui avoir jamais donné son numéro ; n'est même pas certain qu'elle ait un téléphone. Et puis il ne lui a jamais dit la date de son anniversaire.

Bon anniversaire, Phi ;

Enéa

S'apprête à supprimer le message pour éviter que Mousse ne le découvre, mais n'achève pas son geste.

D'une part car la symbiose entre lui et Mousse est telle que tout doute, toute jalousie sont nonsensiques. Même en s'y efforçant, il ne parvient pas à la conjecturer dans les bras d'un autre homme, à l'heure qu'il est. Aucun scénariste, aussi inepte soit-il, ne s'essaierait à écrire une telle invraisemblance.

D'autre part parce qu'il n'en ressent pas l'envie. Il a vécu des moments privilégiés, presque éthérés avec Enéa ; trouve méprisable de les gommer à toute force de son esprit sous prétexte que leur histoire est finie. Ce serait les renier, elle et tout ce qu'elle lui a apporté, alors qu'il lui en est toujours reconnaissant. Et puis, il est le seul et unique responsable de leur échec.

À l'inverse, il tape :

Merci, vraiment…

Phi

———————————

Exceptionnellement, Heph s'est rendu en ville seul, ce jour-là, lui aussi en quête d'un cadeau à offrir à Mila le surlendemain. En longeant les bords de la Vienne, il lui sembla apercevoir Mousse assise sur un banc dans les jardins de l'évêché. Elle était seule, immobile, ses yeux semblant ne fixer que le vide. Pas de livre dans ses mains, de sacs à ses côtés.

Il ne s'arrêta pas ; avait trop de boutiques à visiter.

À son retour, deux heures plus tard, elle était là, encore, toujours seule et comme coupée du monde extérieur, yeux fermés maintenant. Heph s'approcha d'elle.

– Bonjour, Mousse…

Elle n'esquissa aucun mouvement, ne tourna pas la tête dans sa direction, n'entrouvrit pas ses paupières.

– Bonjour, Heph.

– Je te dérange ? Tu le dis, sinon…

– Non. J'ai le temps, avant la nuit.

Le temps de quoi ? Heph ne trouva pas la réponse.

– Tu attends Phi ?

– Non. J'évolue ; je me reconstruis. Les gens changent. La vie change. Il faut s'adapter. Muer. C'est ce que je fais. Ça me prend parfois un peu de temps.

Heph n'essaya même pas de comprendre. Des informations essentielles, indispensables, lui auraient été nécessaires pour espérer ne serait-ce qu'entrevoir le sens de ces mots…

– Tu reviens, ce soir, ou on ne t'attend pas ?

– Je rentrerai.

– Bon… Je te laisse, alors…

– Merci.

À aucun moment elle ne l'avait regardé ; n'avait ouvert les yeux.

Heph regagna sa voiture.

―――――――――

Ont dîné chez Phi et Mousse, ce soir-là. Discussion animée, bruyante. Phi s'est laissé aller à évoquer Hossegor, l'océan, les vagues qui lui manquent, souvent. Mais comprend et respecte le souhait de Mousse de rester là.

Mila s'est exprimée :

– Heureusement ! Tu ne voudrais quand même pas me séparer de ma meilleure amie, Phi !

Les deux filles se regardent, se sourient ; yeux verts cherchant leur reflet.

Vers 11 heures, Phi est allé chercher le gâteau, la bouteille de champagne.

Heph :

– C'est à quelle occasion, Phi ?

– Il y a des amis d'Hossegor qui m'ont rappelé que c'était mon anniversaire, aujourd'hui…

Heph :

– Oh, bon anniversaire, alors. Mais désolés ; on n'était pas au courant ; on ne t'a rien acheté.

Mila :

– Bon anniversaire, Phi ! Et toi, Mousse ; tu lui as offert quoi, à ton homme ?

– Rien non plus. Il n'en avait pas envie ; n'en sentait pas le désir.

Phi lui sourit ; aveu imprononcé d'approbation... Perplexe, cependant : intuition ou hasard ?

Peu importe, au final... Il sort les flûtes, découpe le gâteau.

———————————

Nuit. Phi a rejoint le lit. Mousse sort de la salle de bains. N'est pas nue, cette fois ; enfin, pas vraiment : s'est drapée d'un large ruban de satin rose qui semble partir de l'épaule droite et disparaître sous sa hanche gauche, comme une écharpe d'édile ; d'un autre qui fait le trajet symétrique de l'autre côté, les deux liés au niveau de son nombril par un énorme nœud chatoyant et bouffant.

Elle s'approche de lui.

– Bon anniversaire, Phi !

Baiser long, tendre. Elle reprend :

– Et bien... Tu n'ouvres pas ton cadeau ?

———————————

Matin. Ils ont oublié de fermer les volets, la veille. Le soleil s'est levé, rasant ; est venu éveiller Phi. Si un voisin s'est promené devant leur gîte, la nuit précédente, il aura sans doute passé un bon moment. Cette pensée le fait sourire.

À ses côtés, la lumière commence à effleurer le visage de Mousse.

Un mot : perfection.

Oui, c'est celui-là. Celui qui convient.

―――――――――

10 h. Heph croise Phi, dans la cour, qui bricole son Combi. La ceinture de sécurité coince un peu ; il a du mal à la dérouler. Dans un appentis mitoyen aux gîtes, il a trouvé quelques outils, vient de parvenir à résoudre le problème. Il a aperçu aussi du petit matériel de jardinage, quelques vieilleries…

– Salut, Phi !

– Salut, Heph !

– Ça te dirait d'aller faire un petit tour dans les bois ? Mila a été échaudée, ou plus exactement refroidie – il rit – par notre balade de dimanche dernier. Elle refuse de s'éloigner du radiateur, là…

– Pourquoi pas ; il fait beau… J'arrive.

Il passe brièvement chez lui prendre son manteau, des chaussures de marche, son Nikon et quelques objectifs au cas où ils tomberaient sur une belle ambiance de brume, ou sur un cerf, un chevreuil.

Ils prennent la voiture d'Heph, s'éloignent.

Malgré la présence de l'appareil photo, aucun d'eux n'a cherché à parler de l'image visionnée deux jours plus tôt. Le bon moment n'est pas encore venu, sans doute.

Ils font crisser les feuilles mortes sous leurs pas.

Heph :

– Ça fait longtemps que vous vous connaissez, toi et Mousse ?

– Je ne sais pas. Depuis toujours, peut-être.

Heph s'accoutume à ne pas comprendre un mot des réponses absconses de Mousse et Phi. Plutôt que de demander des explications qui risqueraient d'être tout aussi nébuleuses, il préfère changer de sujet. Mais Phi le devance :

– Et vous ?

– Octobre dernier, en gros…

Phi est pensif. En octobre dernier, il était encore avec Enéa, et c'était bon, c'était parfait… le soir, ou tout du moins à partir de l'après-midi. Pourquoi, avec Mousse, n'est-il pas précipité dans le chaos, chaque matin ? Qu'a-t-elle de plus ? De différent ? Il relance, pour oublier ses interrogations :

– Vous avez des projets d'avenir, toi et Mila ?

Heph rit…

– Oh ! Pas encore… Et, de toute façon, j'ai bien peur que ce soit elle qui décide, au final. C'est un petit animal sauvage ; adorable mais indomptable… Alors, pour l'instant, je profite, tant qu'elle me tolère à ses côtés. Comme on dit, les chiens vivent dans la maison de leurs maîtres ; les maîtres vivent dans la maison de leur chat. Mila est plutôt « féline »…

Heph a conscience de la précarité de leur liaison. Se félicitera de son choix plus tard ; ou le regrettera.

Phi prend quelques photos de branchages, encore figés par la fine couche de glace qu'a déposée la pluie de la veille.

N'a pas la moindre inquiétude concernant la fidélité, la sincérité de Mousse. Est-ce suffisant pour envisager un avenir ? D'autant que l'océan lui manque ; les vagues… Ne s'imagine pas finir ses jours ici.

————————————

Ils rentrent. Mila et Mousse sont dans la cuisine du gîte loué par Mousse ; tentent de déplacer une armoire.

– Vous nous aidez, les garçons ?

Comme Heph l'avait prévu, en déplaçant le meuble, ils font apparaître une porte de communication, ancienne, massive. Close.

Ils passent dans l'autre gîte. Font de même. La porte apparaît, là encore. Phi :

– Bon d'accord, il y a une porte… Mais pourquoi tenez-vous tant que ça à l'ouvrir ?

Mila :

– Pour éviter de passer par l'extérieur, tout simplement… Ce matin, Mousse a voulu prendre le petit déjeuner avec moi ; mais pour ça, il faut mettre des chaussures d'extérieur, sortir, les dégueulasser dans la boue de la cour, les enlever à l'entrée pour ne pas salir, les remettre en partant, passer une heure à les nettoyer une fois rentrée. Ça devient lourd… Ce serait quand même plus simple si on pouvait passer directement d'un gîte à l'autre.

Phi se souvient soudain que, parmi les objets aperçus dans l'appentis le matin se trouvaient quelques vieilles clés, d'une grille ou d'une ancienne porte, probablement : toutes celles à l'intérieur des gîtes sont dotées de serrures modernes, datant à l'évidence de la rénovation.

Va les chercher, mais aucune ne convient, ne parvient à débloquer la serrure.

Une d'elles en semble proche, cependant… S'insère correctement, pivote un peu, mais pas suffisamment. Peut-être qu'avec un peu de dégrippant…

Elle finit par tourner – vers la gauche, seulement –, mais le passage reste bloqué… Phi observe la serrure avec une lampe de poche : le pêne dormant est fermé ; la clé tournée dans l'autre sens, il se libère. La porte était déjà ouverte, mais sans doute le bois a-t-il travaillé, gonflé d'années d'humidité et de non-usage.

En poussant tous ensemble, elle s'entrebâille ; suffisamment tout du moins pour autoriser le passage…

Ne reste qu'à la dégonder, passer un coup de rabot sur les côtés latéraux. À 8 heures, la porte s'ouvre convenablement, sans grincement ni effort inutile.

Mousse pourra sans problème venir prendre le thé chez Mila, ou l'inverse. Pour les repas en commun, ils s'en tiendront à ceux du soir, par obligation ; Mila et Heph ne disposant que d'une heure de pause à midi n'ont guère d'autre choix que de manger au self de « Fenêtres & Clair » ; mais, le week-end, pourquoi pas le midi aussi, voire même le petit déjeuner…

―――――――――――

Lundi soir. Sont allées s'enfermer dans la chambre de Mousse, la pièce où trône l'armoire à vêtements. Heph et Phi les entendent rire, se chamailler, occupés qu'eux sont à chercher sur l'ordinateur des balades à faire dans la région ; Mila a décidé d'essayer quelques tenues de sa presque sœur, pour voir si un style plus *vintage* lui conviendrait. Quatre ou cinq fois par heure, elle ressort de la pièce se présenter à Heph, et Phi, inévitablement, pour se soumettre à leur jugement.

Les deux hommes s'accordent pour reconnaître que les vêtements essayés lui conviennent aussi bien qu'à Mousse – nulle retouche nécessaire –, si ce n'est qu'ils semblent un peu moins pertinents lorsque portés par une femme aux cheveux courts.

Mousse lui a confié quelques robes, que Mila revêtira au travail les jours suivants pour voir si quelqu'un la complimente pour ce changement, si le regard des autres sur elle s'en trouve modifié.

Heph en doute. Dès que leur liaison est devenue évidente, certaine, les hommes de la boîte se sont détournés d'elle ; pour ne pas afficher leur désappointement, peut-être ; peut-être aussi pour donner l'impression que cet incident n'avait pour eux que peu d'importance : ce n'était qu'une amourette fugitive et il suffisait d'attendre au chaud des moments plus propices. Quoi qu'il en soit, presque tous ne s'adressaient plus à elle que pour des renseignements, des motifs strictement pratiques. Mais, heureusement, Mila n'eut pas l'air de s'en soucier.

Dans la rue, elle s'isolait avec Heph pour fumer ; il était peu probable que qui que ce soit s'approche d'elle pour la complimenter.

Après le repas, Heph s'approcha de Mila, porteur d'un cadeau.

– Bonne fête, Mila !

Il ne s'est pas encore habitué à lui donner des petits noms. « Chérie », « Bébé », « Amour », évoquent plus, pour lui, une cohabitation tolérée à défaut de mieux qu'une relation passionnée ; trahissent presque la lassitude et l'ennui. Et surtout, l'exceptionnel impose des locutions inédites qu'il cherche pour l'instant vainement.

Elle ouvre l'emballage ; découvre une édition de 1845 – en excellent état – des « Souffrances du jeune Werther », de Goethe, avec une reliure Claessens.

Heph sait que Mila, sans être passionnée, aime les grands classiques, les beaux ouvrages. Le fait que son père soit professeur de littérature à l'université n'y est sans doute pas étranger. S'autorise à croire, vu le sourire qui fleurit aux lèvres de la jeune femme en feuilletant les pages jaunies, que son choix n'a pas été trop maladroit.

Phi survient, peu après, lui aussi porteur d'un paquet ; s'approche de Mousse.

– Bonne fête, mon rêve !

Mousse observe l'objet, rechigne à retirer le papier. Prend plaisir à en supposer le contenu, l'aspect extérieur irrégulier donnant beaucoup moins d'indices que l'emballage du livre de Mila. Elle défait le ruban, finalement. Le cadeau se dévoile, par bribes disparates. Fils blonds – cheveux, sans doute –, tissu clair à motifs pâlis ; porcelaine presque blanche, à peine teintée. Et puis dentelles, billes cristallines incrustées d'éclats verts, bleus, parfois dorés pour les yeux ; lèvres peintes, au coloris çà et là disparu…

Mila, la première :

– Trop belle, cette poupée !

Mousse n'a pas prononcé un mot, trop absorbée à étudier la subtilité des vêtements, la pureté et la douceur du visage.

Phi, à Mila :

– Oui, peut-être, mais quelle importance ? L'apparence n'est qu'un support. Elle aurait pu être bien différente…

Mousse l'écoute, attentive ; attend la suite. A posé la poupée contre sa poitrine, comme une enfant mimant les gestes de la maternité. Phi, de nouveau :

– Il fait beau… L'été… La petite fille se tient sous un arbre ; sa mère lui a dit de rester à l'abri du soleil. L'a dit doucement, pour ne pas briser le calme et la torpeur de l'après-midi. La mère a les cheveux bruns, le visage doux et paisible.

Silence volontaire, durable, de Phi, pour laisser le temps de visualiser, de concevoir, de concrétiser l'abstraction.

– La petite fille tient la poupée entre ses bras ; fort, car elle a peur qu'elle ne tombe et se casse. Elle l'a trouvée, la semaine précédente, dans le grenier de sa grand-mère et celle-ci la lui a donnée ; peut-être pour que la poupée, après tant d'années, ait l'opportunité d'une nouvelle existence ; peut-être parce que la petite fille tremblait d'envie en contemplant l'objet.

Court silence.

– La maison n'est pas grande, mais le jardin est entouré d'arbres suffisamment hauts et denses pour créer une protection naturelle. Faire office de rempart autour de la petite fille et de sa mère. De son père, aussi, cheveux châtains et yeux verts, qui profite du beau temps pour faire un peu de jardinage ; assez proche de la petite fille pour que celle-ci perçoive un tintement sec lorsque la bêche heurte une pierre isolée.

Il s'interrompt.

– Tout cela est à toi, Mousse... Enfin... C'est une base, un prologue. À toi pour la suite, mais je t'aiderai, si tu veux...

Elle reste immobile ; s'obstine à serrer sur son sein gauche la figurine de porcelaine. Enfin, de son bras droit, attire Phi vers elle pour poser sa tête contre son épaule, ses yeux comme embués d'une rosée précoce.

Phi dirige ses yeux vers Mila.

– Une poupée, oui... Mais surtout un objet d'avant, suffisamment émouvant et tangible pour constituer une pièce d'un passé possible. D'une jeunesse heureuse, sans traumatisme. C'est ça que j'ai voulu offrir à Mousse. Car, sans passé, je ne vois pas comment construire un avenir.

Une nappe de silence vient de recouvrir le groupe. Vacillation. Socle instable.

Heph :

– Bon, ben je vais me servir un petit verre d'arsenic, moi... Parce que je commence à fatiguer de ne jamais comprendre un mot quand vous parlez, les deux... Quelqu'un d'autre en veut ?

Mila :

– Rien compris non plus... Mais, en tout cas, c'était très beau, ce que tu as dit, Phi !

Cohabitation

Une confusion joyeuse s'abattit sur le gîte.

Heph n'osait plus pénétrer dans sa chambre sans frapper préalablement, craignant d'y trouver Mousse sans petite tenue en train d'essayer de la lingerie que son amie lui aurait prêtée ; soulagé toutefois que Mila conserve pour elle-même les dessous qu'il lui avait suggéré d'acheter.

De même, les toilettes étant – suprême aberration architecturale – intégrées aux salles de bain, Mila risquait à tout instant de trouver Phi dans sa baignoire parce que quelqu'un, dans l'autre gîte, avait ressenti la nécessité urgente de s'isoler en toute intimité.

Les assiettes, verres, aliments, vêtements, nécessaires de maquillage et autres changeaient de logis à chaque instant. Il était même devenu plus stratégique de commencer par les chercher dans l'autre gîte, plutôt qu'à l'endroit où on les avait déposés la veille. L'anarchie se diffusait, telle un virus ; seul demeurait impensable le fait de retrouver au matin deux couples mêlés ou intervertis.

Phi rechercha longtemps son D800. Mila et Mousse avaient décidé de se lancer dans le *scrapbooking* et avaient rapidement renoncé à utiliser le smartphone et la canne à *selfie*, du fait du peu de lumière qui parvenait à se glisser dans la fermette en cette fin février. Mila avait quelques notions de photographie ; savait utiliser un retardateur, un pied, connaissait l'intérêt et les inconvénients d'ouvrir ou de refermer un diaphragme ; n'avait aucune hésitation pour changer d'objectif. Elle remplit rapidement la nouvelle carte mémoire de Phi – qui l'avait, par bonheur, substituée à l'ancienne, laquelle continua à dissimuler ses données perturbantes – ; fit imprimer dans un supermarché les photos en taille 10 × 15 cm.

Elles avaient immortalisé Phi en train de boire son café, le tapis marqué « Bienvenue », Heph fumant une cigarette dans la cour, des tasses de thé remplies et fumantes ; Mousse – ou Mila ? –, possiblement nue mais dans un tel contre-jour que cela pouvait n'être qu'un fantasme ; une biscotte luisante de confiture ; Mila lisant en peignoir, étendue sur le canapé du salon dans une lumière tamisée ; un rouleau de papier toilette vide sur le dévidoir souligné d'une légende au feutre : « Merci, Heph ! ». Cent petits détails qui évoquaient leur quotidien bâti d'insouciance.

Quand elles estimèrent leur œuvre terminée, elles l'ornèrent de quelques décorations, de légendes, de collages, utilisèrent des pochoirs, des gaufrages... Phi salua leur créativité, les autorisa définitivement et sans réserve à se servir de son appareil.

Peu à peu, les filles prirent l'habitude de faire garde-robe commune, jusqu'aux chaussures de Mila, ce qui ne manqua pas d'étonner Heph qui savait le soin maniaque qu'elle en prenait. Il la surprit, les premiers temps, à les examiner à leur retour pour vérifier qu'elles n'avaient été aucunement rayées ou souillées, mais

Mila constata vite que Mousse était aussi précautionneuse qu'elle avec ce type d'objets.

Parfois, Mila se maquillait un peu plus, comme pour paraître davantage semblable à Mousse. À l'inverse, Mousse se contentait de temps en temps d'une touche délicate de mascara.

Mais, à l'approche de mars, l'inévitable se produisit. Mila reçut une lettre de son propriétaire, l'informant que les travaux dans son appartement étaient achevés et qu'elle devait par conséquent rendre les clés du gîte et revenir, l'assurance de l'entrepreneur ne prenant plus en charge la location supplémentaire.

Ils se réunirent le soir pour un dernier repas commun. Les voitures d'Heph et Mila étaient déjà chargées, ou presque. Il ne resterait, le lendemain matin, qu'à prendre les trousses de toilette, changer les draps. Déjà, leurs placards et le réfrigérateur étaient vides – ils en avaient transféré le contenu dans le gîte de Mousse et Phi.

Le repas fut morose, mélancolique, malgré le vin qui coula plus qu'à l'habitude. Bien sûr, ils se reverraient, le week-end, chaque semaine ; mais il faudrait repartir après le repas. Enfuies, les longues conversations entre Heph et Phi ; les petits déjeuners communs de Mousse et Mila, en peignoir, qui riaient en trempant des biscottes dans leur café ou leur thé.

Remonter les bagages dans l'appartement de Mila fut long, fastidieux. Ils avaient fait pas mal d'achats, en un peu plus d'un mois, et il fut vite évident que les petites armoires de la jeune femme seraient trop étriquées pour contenir en surplus les affaires d'Heph, si ce n'est un strict minimum pour survivre un jour ou deux. Heph se résolut donc à retrouver son appartement – toujours jonché de sacs poubelle, mais il n'y avait aucune raison pour que ceux-ci aient disparu entre-temps – pour jeter ses affaires sur le lit sans les déplier ni les ranger, et rejoindre Mila au plus vite.

Elle ; nerveuse, agacée. Pour la première fois depuis leur rencontre, il leur sembla être à l'étroit, presque claustrés. Leurs chemins se croisaient trop souvent dans les couloirs exigus, leur donnant l'impression de se bousculer sans cesse et, pour une fois, sans que ce soit les prémices d'une étreinte plus douce. Fait inédit, aussi, la voix de Mila se fit parfois cassante ; sèche.

Il leur faudrait manifestement plusieurs jours pour s'accoutumer à cette nouvelle situation.

Mila ne tint pas jusqu'au week-end. Dès le jeudi, au sortir du travail, elle suggéra à Heph de faire un détour par Feytiat pour voir si Phi et Mousse s'y trouveraient. Ce fut le cas.

Phi ouvrit ; visage fermé qui, immédiatement, s'illumina.

– Ça, c'est ce que j'appelle une bonne surprise !

Une voix lasse, comme affaiblie, leur parvient depuis la chambre :

– C'est qui, Phi ?

– Heph et Mila.

Une porte claque, Mousse qui se précipite, ferme maladroitement son peignoir à peine enfilé, non peignée, non maquillée. Rayonnante.

– Enfin !

Ils s'étreignent mutuellement, même les garçons. Phi :

– Bien sûr, vous restez dîner, ce soir.

Ni Heph, ni Mila ne se donnent la peine de répondre. Évidence...

Par réflexe, Mila se dirige vers ses anciens appartements pour préparer un thé ; mais la porte a été refermée, les deux armoires replacées, avant la visite d'état des lieux du propriétaire.

C'est donc Mousse qui se charge de faire chauffer l'eau, de sortir les tasses. Les deux garçons ont investi la table du salon ; elles regagnent la chambre pour discuter, assises en tailleur sur le lit.

Sans être sombre, Phi a l'air sérieux ; préoccupé.

– Il était temps que vous veniez.

Heph partage le même sentiment. Phi s'en aperçoit sans qu'Heph ait eu besoin de formuler une réponse. Phi :

– Je ne reconnais plus Mousse, depuis dimanche. Elle est triste, abattue. Elle ne sort plus du lit que quelques heures par jour. Elle ne lit pas, non... Dort, ou fait semblant. J'ai même l'impression que ses cheveux deviennent ternes, sa peau moins lumineuse. Se lave à peine. Ne s'habille plus jamais, sauf un peignoir. Je crois que c'est la première fois qu'elle sourit depuis que vous êtes partis.

– Pas mieux... Avec Mila, on n'arrête pas de se chamailler, pour des idioties... Des chaussures mal rangées, la radio un peu trop forte, des courses que l'autre a oublié de faire... Et puis, on ne s'est même plus touchés depuis dimanche. Je ne suis même pas certain qu'on se soit embrassés.

– Pareil pour nous, sauf pour les disputes... Mousse ne dit quasiment plus un mot.

– On a un problème, là...

– Oui.

– Content de te revoir, Phi.

– Moi aussi, Heph.

Mousse s'est douchée, maquillée, coiffée, habillée. Le repas est gai, d'autant que, le lendemain, ce sera vendredi. Ils savent déjà qu'ils se retrouveront, même si ce n'est que pour la soirée.

––––––––––––––––

Retour chez Mila ; Heph prend une douche, va se coucher pour parcourir quelques pages de livre. Il en a pris l'habitude depuis qu'ils ont quitté le gîte.

Mila sort de la salle de bain, peignoir entrebâillé. Pose son index sur ses lèvres, tête baissée, comme une enfant qui vient de faire une grosse bêtise et redoute une réprimande. Hausse les yeux pour pouvoir le regarder.

– J'ai envie.

Heph la regarde, attendri. Pose son livre.

– Viens.

Samedi. Ils se sont vus la veille, bien sûr ; se sont retrouvés chez Mila, pour changer. Tous heureux, rieurs ; les filles parce qu'elles avaient attendu, espéré toute la journée cet instant ; les hommes parce que leurs compagnes étaient de nouveau détendues, souriantes, câlines. Peu importe les raisons, dès l'instant où cela autorisait un moment de paix et de bien-être.

Soirée agréable, mais il manqua un ingrédient pour accéder à la plénitude : le gîte. L'appartement de Mila n'était guère plus petit, mais était encombré de couloirs, de portes qui érodaient la convivialité. Un craquètement de bûches dans une cheminée aurait rendu les heures plus douces encore mais, plus que tout, ils n'avaient ici aucun souvenir commun ; tout ce que la moindre partie du gîte évoquait : une simple poignée de porte, l'unique vase posé sur une table ; rires, caresses, étreintes, harmonie…

Ils décidèrent donc, à l'avenir, de ne plus se retrouver que là-bas, à Feytiat, sauf raison majeure.

Comme à leur habitude, maintenant, les filles s'isolèrent dans la chambre jusqu'à l'heure du repas. Leurs hommes ne leur étaient pas nécessaires, sans doute même importuns dans ces instants-là.

Les garçons s'installèrent dans le canapé. Savaient déjà ce que serait la semaine suivante. Mila et Mousse avaient besoin l'une de l'autre pour s'épanouir ; séparées durablement, chacune se sentait incomplète et cette sensation de manque rendait l'une agressive, l'autre abattue.

Au repas du soir, ils évoquèrent leurs inquiétudes. Mila et Mousse ne les contredirent pas, conscientes qu'après deux jours, trois peut-être, l'absence de l'autre viendrait influer sur leur humeur, altérer leur comportement.

Comme Phi l'avait supposé, Mousse ne possédait pas de téléphone. Il irait lui en acheter un lundi, un modèle simple. Il suffirait qu'il soit capable de recevoir et d'envoyer des S.M.S., des appels. En attendant, elles pourraient passer par son smartphone pour prévenir l'autre que le besoin d'une rencontre devenait obsédant.

———————————

Cette nuit-là, étrangement, Phi rêva d'Enéa. Un songe pur, doux, sans équivoque. Juste la sensation d'un moment heureux.

Amies

La première semaine, elles se retrouvèrent deux fois ; le lundi chez Mousse, le jeudi chez Mila. Elles se téléphonèrent aussi, le mercredi ; longuement.

Le vendredi, rendez-vous fut donné chez Phi et Mousse, pour tous. Avant le repas, Heph et Phi s'installèrent dans le canapé, le temps d'un café. Détendus, souriants. Depuis le lundi, Mousse s'était montrée dynamique, joyeuse ; Mila constamment affectueuse et apaisée. Même si les garçons s'étaient parfois retrouvés esseulés le temps de quelques heures, le bilan était incontestablement meilleur que le week-end précédent.

Mila et Mousse s'étaient enfermées dans la salle de bains pour des raisons qu'ils ne cherchèrent pas à deviner. Elles en ressortirent vers 20 h, maquillées de façon exactement identique – Mousse un peu moins qu'à l'habitude, Mila un peu plus –, avaient revêtu des tenues presque semblables, toutes deux provenant de la garde-robe de Mila, cette fois ; pantalons et pulls. Mila s'était accoutrée d'une perruque de travesti, dénichée dans un magasin de déguisement, qui n'était pas sans rappeler la chevelure de l'autre. Jeu de gosses, amusant, qu'elles complétèrent en se plaçant l'une face à l'autre et mimant un effet de miroir : si Mila faisait un geste, pivotait, souriait, Mousse devait l'imiter de façon parfaitement synchrone, comme un reflet. Pour le final, Mila se dirigea délibérément vers Mousse, les mains planes et verticales comme si celles-ci s'apprêtaient à prendre appui sur un mur, ou un miroir ; la droite plus élevée que l'autre. Les paumes et les doigts se touchèrent, quelques centimètres trop en avant pour qu'à l'instant du contact, leurs visages ne se frôlent.

———————————————

Inspirés par la prestation des filles, ils finirent la soirée avec une partie de jeu de mimes, basé sur une application en ligne qui fournissait des mots aléatoires. À un moment donné, Mila eut à faire deviner le mot « Sœur ». Elle se contenta de pointer Mousse du doigt. Mousse la regarda.

– Trop facile… J'ai trouvé. Enfin, j'en suis presque sûre. Je vous laisse chercher, les garçons…

Heure du départ. Heph a trop bu. Pas au point de ressentir plus qu'une euphorie légère, mais suffisamment sans doute pour être positif en cas d'alcootest ; il en va de même pour Mila, visiblement plus exubérante et rieuse qu'à l'ordinaire. La faute de Mousse qui n'a cessé toute la soirée de compléter le contenu des verres dès que celui-ci s'abaissait un peu trop, sous le regard perplexe de Phi. La jeune femme était d'ordinaire la première à retenir les gestes lorsque la consommation devenait excessive, si Mila et Heph devaient repartir.

Mousse vient de se placer entre eux et la porte, bras écartés, comme pour barrer le passage.

– Hé là ! Personne ne sort d'ici : vous ne pouvez pas reprendre la route dans cet état là ! Je sais, c'est ma faute, mais pas question de repartir, maintenant ! Je m'en voudrais trop en cas de problème... Mais ça tombe bien : je me suis aperçue cette semaine que le canapé devant la cheminée était convertible. Bonne occasion pour l'étrenner !

Heph cherche Mila du regard pour quêter son approbation. L'aperçoit qui s'éloigne vers la porte, regard taquin de quelqu'un qui se réjouit d'avoir fait une excellente plaisanterie.

– Ne t'inquiète pas, Heph. C'est Mousse et moi qui avons tout prémédité depuis le début. Ta trousse de toilette et la mienne sont dans le coffre depuis cet après-midi, avec quelques vêtements de rechange. Ça fait tellement longtemps que je rêve de pouvoir reprendre le petit déjeuner avec ma copine... On pourra même rester jusqu'à dimanche...

Mousse a déjà commencé à déplier le canapé, étendre les draps, sortir des oreillers. Mila est revenue, l'aide à glisser une couette dans sa housse.

Mousse, visage espiègle regardant Mila :

– Et puis, comme ça, on pourra se faire une petite soirée échangiste, demain soir... Ou même tout de suite...

Mila prend un air blasé.

– Pffft... À quoi ça servirait ? On se ressemble tellement qu'ils ne s'en rendraient même pas compte...

– Oui... Mais peut-être que nous, si... Imagine qu'on soit toutes les deux passées à côté de quelque chose. Peut-être la révélation de notre vie...

S'étouffent de rire.

———————————

Heph est sorti fumer une cigarette avant le sommeil. Phi l'a rejoint.

Ou plutôt, est dans la cour, lui aussi ; non loin. Déambule au hasard, agacé. Ne cherchait pas le dialogue ; juste le calme de la nuit. Mais Heph ne l'a pas compris et profane le silence :

– Tu en penses quoi ?

– De ?

– De la façon dont la soirée s'est finie ; de leur dernière vanne ?

Bouffée. La réponse ne vient pas. Heph, donc :

– De la part de Mila, ça ne me surprend pas. Les blagues salées, ça a toujours été son truc, depuis que je la connais... Par contre, je suis un peu étonné que Mousse soit rentrée dans son jeu. Je ne la voyais pas comme ça...

Phi a fini par s'approcher, poings serrés au creux de ses poches, regard vers la terre :

– Mousse change.

Il s'interrompt, reprend.

– De jour en jour. Elle fait des choses qu'elle n'aurait jamais faites avant ; a des remarques inattendues. Au début, j'avais l'impression que, pour elle, le passé et le futur ne comptaient pas, ne signifiaient rien ; qu'elle n'existait et ne se levait le matin que pour être avec moi, près de moi. Maintenant, je crois que je ne suis plus « sa vie ». J'en fais partie, c'est tout…

– Et au lit ?

– Pas de problème.

Phi a – consciemment ou pas ? – omis de dire que, lorsqu'ils se rejoignaient dans la pénombre, le visage d'Enéa venait parfois se substituer à celui de Mousse dans son esprit, comme un brouillage ; une interférence fugace mais de plus en plus fréquente. Et puis les relations intimes avec Mousse, sans être désagréables, lui semblent maintenant moins essentielles. Sont devenues de simples réponses à une nécessité physique, comme le fait de se nourrir.

Heph :

– Tu te souviens de la photo que tu m'avais montrée, sur l'ordi ?

– Oui.

– Il y avait quoi, comme visage, sous la tache noire ?

Phi hésite. Se demande si le moment est venu ; s'il est opportun. Se décide.

– Le visage de Mila.

Heph, fait rare maintenant, a allumé une deuxième cigarette. Expulse la fumée qui vient former une brume blanche dans le rai de lumière venant du salon. Prononce :

– C'était son corps, aussi.

Silence. Heph reprend :

– Sur le coup, j'ai pensé que tu avais connu Mila avant moi. Même si c'était perturbant, il n'y avait pas mort d'homme. On a tous vécu, avant de se rencontrer, tous les quatre.

Nouvelle bouffée.

– Ce qui me gênait plus, c'est que tu aies pu prendre cette photo, avec son accord mais après. Après qu'on ait commencé à cohabiter.

Le temps s'est arrêté, comme pour mieux entendre la réponse de Phi.

– C'est Mousse que j'ai prise en photo. Avant qu'on vous rencontre.

Conjonction

Mousse et Mila se retrouvent, deux à trois fois par semaine. Pas nécessairement chez l'une ou l'autre. En ville, parfois… Ailleurs.

Pour meubler ses moments libres, Heph a repris le bricolage dans son appartement. S'ennuie.

A prêté son ordinateur à Phi, qui occupe les heures vides à faire de la retouche d'images à partir des photos présentes sur ses deux cartes mémoires. Au début de la plus ancienne, celui-ci a retrouvé quelques photos d'Enéa, prises en septembre ou octobre. Des portraits, uniquement, mais cela suffit.

À l'époque, il s'était agacé qu'Enéa refuse de se dévoiler davantage ; ressentait le besoin d'immortaliser ses seins, ses hanches, toutes parties de son corps dont la seule évocation le maintenait dans un état de désir permanent.

Évidemment, les souvenirs de leurs caresses lui sont encore agréables, mais les exigences physiques de son corps sont – Merci, Mousse ! – amplement satisfaites. Par contre, un manque s'est fait jour, s'amplifie : le simple sentiment d'être à deux, de se complémenter. Des paroles de Souchon lui viennent à l'esprit, qui expriment parfaitement son ressenti :

> *… que quand elle est pas là,*
> *j'dis « Où est-elle ? »*

De son point de vue, peut-être les plus belles paroles d'amour qu'il ait jamais entendues, ou lues... Les plus fortes, en tout cas ; perfection ; épure ; comme si, en onze mots légers, anodins, l'auteur était parvenu à rendre dérisoires et presque superflues toutes les histoires sentimentales et romantiques écrites ou répétées depuis la nuit des temps. À l'exception de « Cyrano de Bergerac », bien sûr. À l'impossible, nul n'est astreint.

Il ne se demande pas où Mousse se trouve, à l'heure actuelle. De toute façon, elle reviendra.

———————————

Un soir où elle avait passé plusieurs heures avec Mousse, Mila a rejoint son appartement avec, sous le bras, des sacs contenant de nouveaux habits. Elle les revêtit l'un après l'autre devant Heph pour les soumettre à son appréciation. Pulls et pantalons de toile, comme d'habitude. Avant de les accrocher dans son armoire, s'assit juste en face de lui.

– Tu ne remarques rien ?

Heph l'observe. Devine une légère modification, mais elle est ténue. Ne parvient pas à la situer. Le maquillage de Mila est plus soutenu, prononcé qu'il y a quelques semaines, mais c'est devenu quotidien, usuel. Il n'y prête plus attention. La différence se situe vers le visage, probablement...

Oui : les cheveux. Plus ondulés.

– Tu t'es fait faire une permanente ?

– Pas tout à fait. Un effet *wavy*, pour avoir de petites ondulations ; et ça donne un peu de volume. Mais il y a autre chose...

Heph cherche ; scrute de nouveau.

– Tes cheveux blancs ici et là... Il n'y en a plus.

– Exact. Je me suis aussi fait faire une coloration, en conservant la teinte d'origine.

– Pas mal ; pas mal du tout...

Mila vient l'embrasser, regagne la salle de bains pour se contempler dans la glace.

———————————

Pluie, encore. Phi, dans le fauteuil, près de la fenêtre ; mannequin de cire. A passé l'après-midi à faire du petit bricolage – prises de courant qui se désolidarisent du mur, portes qui grincent désagréablement, filtre de l'aspirateur à nettoyer. Mais ne voit plus de raison de se lever, maintenant. A perçu le bruit du moteur depuis un moment, déjà. Enfin, a cru le percevoir. Ou l'a souhaité.

Tacheture verte et mouvante, de l'autre côté de la vitre, qui s'approche, interrompt sa course au plus près du gîte.

Portière qui claque. Mousse, qui surgit ; est face à lui, déjà. À son bras droit, des sacs. Un autre sac, à plat, sur sa tête, maintenu par sa main gauche ;

parapluie improvisé. Elle, voix agacée, intention de reproche :

– Bravo, Phi ! Au lieu de rester vautré dans ton fauteuil, tu aurais au moins pu venir m'ouvrir la porte ! Tu as vu le temps qu'il fait ?

Regard de l'homme, vers son visage. Fixe, dur. Temps suspendu.

– Phi ? Ça va ?

Lui s'est levé, approché d'elle. Enserre le visage de la femme de ses deux mains ; sans doute pour le contraindre – dans une ferme douceur – à l'immobilité.

– Pourquoi ?

– Je ne comprends pas... Qu'est-ce qui t'arrive, Phi ? Qu'est-ce que tu veux savoir ?

– Tes cheveux...

– Oh... J'avais envie de changer un peu. Tu n'aimes pas ?

Phi s'astreint à un rire ; l'espère naturel.

– Oh ! Si, si ! Juste le temps de m'habituer. Parce que ça te change, vraiment...

L'embrasse.

Aimait bien glisser ses doigts dans ses longues boucles.

N'ignore pas cependant que les cheveux repoussent : d'ici quelques mois, les traces de son passage chez le coiffeur seront oubliées. Et peut-être même aura-t-il pris goût à son nouveau « look ».

Mousse va directement accrocher ses nouveaux vêtements dans l'armoire. Des pantalons, des pulls – ses petites robes habituelles lui semblaient chaque jour plus désuètes, inappropriées.

S'abstient de montrer ses achats à Phi, qui la complimentait souvent pour ses tenues « adorablement romantiques ».

———————————

Vendredi, une autre semaine. Heph et Phi sont dans le gîte, réunis, comme toujours. Comme avant. Le printemps s'affirme, commence à parsemer les prés de taches colorées. Terre ; son odeur, qui se fait chaque jour plus prégnante ; se hasarde parfois jusqu'au salon lorsqu'ils laissent une fenêtre entrouverte.

Manquent Mila et Mousse, qui sont absentes ; enfin, ailleurs ; pas encore rentrées.

Lorsque Mila a fini son travail, elles disparaissent presque systématiquement jusqu'au repas du soir. Reviennent affectueuses, douces, séduisantes. Se contentent simplement de dire qu'elles se sont baladées si Heph ou Phi s'essaient à leur demander à quoi elles ont occupé leur fin d'après-midi.

Sont devenues presque indifférenciables maintenant, si ce n'est par leurs tenues. Elles ont choisi les mêmes marques, les mêmes modèles amples et contemporains, ont seulement veillé à ce que les teintes soient légèrement différentes ; nuances subtiles. Leurs cheveux ne présentent plus de différence visible ; quant au reste, la similitude était depuis longtemps presque parfaite.

Heph :

– Ça ne t'inquiète pas, de ne jamais savoir où elles sont ?

A dit ça en voyant Phi irrité, nerveux ; déplaçant de façon compulsive sa tasse, sa petite cuillère, tout objet se trouvant à portée de ses doigts ; comme tentant de retrouver un ordre perdu dans un monde en délitement. A conjecturé qu'ils devaient à cet instant partager la même incertitude. Phi :

– Pas vraiment. Il y a d'autres choses qui me tracassent davantage.

Le soleil est plus matinal, maintenant ; filtre jusqu'à leur lit à travers la porte du salon, qu'ils laissent ouverte sur la chambre. Il y a une semaine, à son réveil, il se prit à contempler Mousse qui dormait encore à ses côtés. La vision qu'il eut lui fit détourner les yeux, presque par réflexe. Son visage lui était apparu dénué de grâce, de beauté. Pas laid… Mais quelconque, sans attrait ni douceur. Une personne qu'il ne connaîtrait pas et pour laquelle il n'aurait jamais éprouvé de tendresse.

Résurgence du passé. Panique.

Fuite.

Épaule qui heurte le montant de la porte dans la précipitation. Habits saisis à la hâte sur le fauteuil du salon, là où il les dépose habituellement le soir. Peur que la voix vienne, l'appelle : « *Phi ! Qu'est-ce que tu fais ? »*... Mais elle dort encore, ou ne s'alarme pas de l'entendre bouger dans la pièce voisine.

Prend le risque de chaparder un morceau de fromage, un quignon de pain qui feront office de petit déjeuner. A soif, mais s'effraie du bruit que ferait l'eau en s'écoulant du robinet. Il doit rester une ou deux bouteilles pleines, dans son Combi.

Ferme la porte, le plus doucement possible ; met le contact, part. Regard anxieux dans le rétroviseur en rejoignant la route ; crainte de voir les volets s'entrouvrir. Son regard.

Ne revint pas, à midi. Se trouvait à cet instant vers Poitiers. Ou Châtellerault, peut-être.

Ne regagna Feytiat qu'à l'approche de la nuit.

– Bonsoir, Phi !

Mousse, belle, souriante, sans questionnement ni reproche. Baisers. Tendresse.

Chaque soir, maintenant, il prend soin de fermer la porte de la chambre ; ne pas courir le risque que la lumière vienne éclairer le visage de Mousse, ou qu'un rayon de soleil ne la réveille, elle, avant lui.

Chaque matin, il quitte le lit à tâtons, le plus doucement possible. Réitère son exil.

Image d'Enéa, par contre, qui devient rémanente dans son esprit, comme un écran de télé ayant affiché toute la journée un même logo en garde l'empreinte durablement perceptible quelle que soit l'émission regardée. *Amer* familier aperçu un jour de tempête et prédisant déjà le port. Réponse ou, tout du moins, potentialité.

Phi, maintenant abattu ; éreinté de cette évocation informulée. Attitude de plus en plus fréquente, chez lui : alternance de rage et de lassitude.

Heph :

– Je ne te demande pas ce qui te pose problème, bien sûr… De toute façon, je ne serais pas capable de décrypter...

Phi, sourire fatigué :

– Tu as sans doute raison… Mais je dois vivre avec ça.

Silence. Phi :

– Ça t'arrive d'avoir peur que Mila voie un autre homme ?

Heph réfléchit.

– C'est possible, bien sûr. Deux ou trois fois, j'ai été tenté d'allumer son smartphone ou son ordi pour voir si sa boîte de réception ne contenait pas de messages anormaux. Parce que, la connaissant, je ne crois pas qu'elle se serait donné la peine de les supprimer. Elle vit sa vie… Et si cette vie ne convient pas aux autres, et bien ils n'ont qu'à s'éloigner.

– Tu l'as fait ?

– Non. Quand on en arrive là, c'est que la confiance n'existe plus. Autant arrêter tout, tout de suite.

– Oui.

———————————

Vendredi, le même jour ; l'après-midi. Elles, seules, dans l'appartement de Mila, assises en tailleur sur le lit. L'une face à l'autre, s'observant. Entre elles, un plateau de bois à anses de métal, deux tasses de thé ; le silence.

Mousse, soudain ; presque une supplique :

– Apprends-moi…

– Quoi donc ?

– Toi.

Regards. Mila :

– Pourquoi ? Tu sais… Tu me sais…

– Non ; pas assez. Pas l'essentiel. Pas ce qui n'est pas dit.

Interruption, attente. Mousse, qui a repris sa tasse, la porte à sa bouche, boit. Mila, qui la fixe, les yeux sans cillements ; longtemps.

Qui se lève, quitte le lit. Se dirige vers un coin de la chambre, un empilement de coussins. En choisit un, sous tant d'autres, tire sur la fermeture éclair de la housse. A l'intérieur, non pas un, mais deux blocs de mousse, plus fins. L'aspect extérieur ne pouvait pas le laisser prévoir, supposer.

Main qui se glisse entre les deux, en extrait un cahier, assez épais mais souple. Ne pas laisser percevoir de résistance si quelqu'un s'asseyait dessus, par hasard. Referme soigneusement la housse, sans doute par habitude.

Mila a repris sa place sur le lit, tend à Mousse le journal.

– Tiens…

– Merci… Tellement.

Mila s'est resservie du thé. Contemple Mousse qui a soulevé délicatement la couverture, commencé à lire la première page.

Heures qui s'écoulent. Transe immobile, hors les doigts de Mousse qui tournent les feuillets, parfois vers l'arrière pour vérifier un détail. Une fine pellicule s'est déposée sur la surface du thé, maintenant froid.

Et puis, bien après, la dernière page écrite, le 6 février :

… En tout cas, j'attends la suite avec autant de curiosité que d'impatience.

À bientôt, cher journal !

———————

Mousse a refermé le cahier, lentement. Mila :

– Tu sais, maintenant ?

– Oui.

Obscurité qui s'installe, dehors. Éclairage urbain qui, progressivement, s'allume.

Nuit, plus tard.

Mousse, regard baissé ; Mila qui l'observe...

– Mila...

– Oui ?

– Je voudrais...

Phrase tarie, pas non plus de réponse. Mousse, de nouveau :

– Je peux ? S'il te plaît...

Mila, yeux qui se sont clos, après cette dernière phrase ; calme :

– Oui ; vas-y. Fais-le.

Mousse est allée chercher un stylo sur le bureau ; a rouvert le cahier à la première page blanche. Lettres cursives que sa main y dessine, l'une après l'autre :

8 avril

Mon cher journal ; ...

————————————

Samedi matin. Phi a entrouvert la porte doucement, vers 9 h, pour ne pas déranger Mila et

Heph qui dormaient encore, sur le canapé du salon ; est parti.

Heph a traînassé jusqu'à 9 h 30, est allé faire couler le café, bouillir de l'eau pour le thé de Mila. Il lui a préparé un plateau repas ; thé avec un sucre, deux biscottes beurre-confiture, un fruit, un yaourt, comme chaque jour. Lui apporte, embrasse ses cheveux pour l'éveiller. Elle ouvre les yeux, se redresse ; le drap tombe, dévoilant sa poitrine. Elle n'a dormi qu'avec une culotte, l'armature du soutien gorge la gênant.

Elle se frotte les yeux, baille.

— Merci, Heph.

Il retourne vers le plan de travail pour préparer son propre repas. Il lui semble avoir perçu un bruit, derrière lui. S'apprête à rejoindre Mila dans le canapé convertible mais, en tournant la tête pour chercher sa direction, constate que sa place encore tiède est occupée. Mousse s'est glissée en peignoir sous les draps, tout contre Mila. Elle sourit à l'homme.

— Et moi, je n'ai pas droit à un petit déj', Heph ? Vu que Phi me laisse tomber le matin, ces jours-ci, j'en ai un peu marre de manger toute seule…

Lui éclate de rire.

— Et pour Madame, ce sera quoi ?

— La même chose mais plutôt un café, pour moi.

Heph s'exécute. Pour lui, ne reste plus qu'à manger rapidement sur le plan de travail et partir très vite se promener ; la scène qu'il a sous les yeux l'enfièvre au-delà du raisonnable. Mieux vaut se préserver d'un possible égarement, d'un geste ou d'un mot incontrôlé qu'il regretterait.

Est revenu vers onze heures. Les filles étaient levées, le canapé replié ; Mousse – enfin, probablement, puisqu'en peignoir – finissait de ranger les couverts. Venant de la salle de bain, il perçut le bruit de la douche, qui s'interrompit.

L'autre apparait dans l'entrebâillure de la porte, la peau ruisselante. Elle réclame une serviette. C'est Mila ; il en a la preuve. Hors les fines flammèches orange qui viennent parfois illuminer les yeux de Mousse, la seule chose qui les distingue maintenant est la voix, sensiblement plus rauque et grave chez Mila – la cigarette, sans doute.

Mousse lui apporte un drap de bain ; Mila s'en enveloppe, regagne la chambre. Mousse prend sa place sous la douche. Ressort après quelques minutes, se dirige elle aussi vers la chambre ; nue, mais ce n'est pas la première fois qu'elle se montre ainsi devant Heph. Il a fini par ne plus y prêter attention. Sait, de toute façon, qu'il n'y pas là de provocation, de dessein.

Phi vient de revenir lui aussi. Un peu tôt, peut-être : il n'est que 11 h 15 ; court le risque d'avoir une vision de Mousse qui le contraindra à détourner le regard. Mais il avait oublié son portefeuille au gîte et n'a même pas pu se payer un café, au village ; a faim et soif. Et, de toute façon, a décidé pendant sa balade de se confronter au réel, aujourd'hui. De savoir si ce qu'il a cru distinguer la semaine précédente n'était qu'une émanation des dernières brumes d'un rêve, ou si c'était un fait maintenant pérenne.

– Tu sais où est Mousse, Heph ?

– Elles sont toutes les deux parties dans la chambre. Elles doivent être en train de s'habiller, je suppose…

Phi va frapper, doucement.

– Entrez !

Heph a distinctement reconnu la voix de Mila.

Phi ouvre la porte. Malgré ses efforts pour ne rien montrer, son visage se crispe. Il se retourne aussitôt, referme. Va s'asseoir non loin d'Heph, sur une chaise. Sirote une tasse de café, maintenant froid. Main incertaine.

– Au fait, Heph… Pourquoi tu m'as dit qu'elles étaient toutes des deux dans la chambre ? Il n'y avait que Mousse…

Heph ne comprend pas. Il les a distinctement vues rejoindre cette pièce, l'une après l'autre.

Frappe lui aussi à la porte. Voix de Mila :

– Oui ! Mais il faudrait savoir : vous entrez, ou vous sortez ?

Heph pénètre dans la chambre. Ne voit que Mila, qui achève de s'habiller, face à la glace…

– Euh… Elle est où, Mousse ?

Mila se tourne vers lui, l'air surprise…

– Tu vas bien, Heph ? J'ai l'impression que tu devrais prendre un autre café … Tu n'as pas les yeux en face des trous, ce matin…

Dans les iris de Mila scintillent de petites étincelles orange et dorées.

Éveil

Mila a chargé dans sa voiture toute la garde-robe de Mousse, ses affaires de toilette. De toute façon, cela lui appartient ; c'est à elle. Ne sait pas où elle trouvera la place de ranger tout ça... Peut-être chez Heph, en attendant mieux. Ni Phi, ni Heph n'ont retrouvé le moindre papier d'identité, chéquier, carte bancaire ou autre document appartenant à Mousse. N'ont pas non plus déniché la carte grise de la petite voiture verte, ont constaté que n'apparaissait sur le pare-brise aucun certificat d'assurance...

Ont emmené la voiture jusqu'à une place de parking gratuite, à Limoges. Laissé les clés sur le contact, les portes non fermées et un mot derrière le pare-brise :

Servez-vous !

Quand ils évoquent Mousse devant Mila, celle-ci ne pose aucune question. Répond comme si on s'adressait à elle. Quand ils prononcent le prénom « Mila », elle fait de même.

Phi a laissé à Heph et Mila tout le contenu du réfrigérateur ; du congélateur : il ne supporterait pas le trajet. N'a chargé dans son Combi que ce qui était dans les placards ; ses propres affaires.

Une chose avait définitivement disparu, qu'ils ont pourtant cherchée longtemps : la poupée de porcelaine.

Ils ont fermé les fenêtres, les volets, les portes. Se sont dit « Au revoir », comme pour nier leur certitude de ne plus jamais se rencontrer.

Phi est passé chez le propriétaire régler le solde de la location, rendre les clés. L'homme n'avait pas demandé de chèque de caution, trop heureux d'être parvenu à louer son gîte en plein mois de janvier.

En quittant Limoges, Phi est repassé dans la rue où ils avaient garé la voiture de Mousse. Elle n'y était plus.

———————————

Phi ne ressent pas de tristesse ; comme si les mois passés n'étaient jamais advenus, comme s'il n'avait à aucun moment perçu cette odeur d'herbe humide. Tente de se remémorer le visage de Mousse mais l'image est trouble déjà ; même le prénom ne lui évoque que des sensations confuses.

Seul parvient à prendre forme le visage d'Enéa.

Pour une fois, prend les « grandes » routes. Franchit Angoulême, avant de prendre la direction de Bordeaux. Arrêté dans une station essence, hésite. Elle, encore, hologramme. Voudrait lui téléphoner ; s'agace de cette pulsion, qu'il ne sait endiguer, mais il n'a pas eu de ses nouvelles depuis l'appel de Sig, fin janvier. Son S.M.S. du 12 février, bien qu'encourageant, ne donnait aucune indication claire quant à sa situation affective.

Juste la revoir, la retrouver : rien d'autre. S'autoriser à croire que c'est encore possible.

Compose son numéro, par impulsion. Aurait pu chercher son nom dans ses « contacts », mais ses pouces se souviennent, malgré les mois passés ; appuient d'instinct sur les bons chiffres, sur la touche « Appeler ».

Un déclic, venant de là bas, de Capbreton.

Bonjour. Vous êtes bien sur le répondeur d'Enéa.

Merci de laisser un message après le signal sonore.

Il parle, choisissant ses mots.

Enéa, c'est Phi.

Je crois que j'ai résolu mon problème.

Tu peux me rappeler, si tu veux. Enfin... Surtout si tu en as envie...

Et, si ce n'est pas le cas, oublie cet appel. Oublie-le sans remords.

De toute façon, tu ne me dois rien. Tu m'as déjà tout donné.

Raccroche ; reprend la route. S'apprête à rejoindre l'autoroute A10 à Saint-André-de-Cubzac. Un appel, sur son smartphone, mais pas d'aire de stationnement : aucune possibilité de se garer. Parcourt encore quelques kilomètres avant de pouvoir s'arrêter. C'est Enéa qui a téléphoné, mais n'a pas laissé de message.

Il rappelle.

– Phi ?

Elle a dû reconnaître son numéro, ou voir son nom sur l'écran d'appel.

– Enéa... Je peux te parler ?

Silence. Bien sûr, par cette phrase, il a voulu lui demander si elle était encore seule, ou si un autre homme écoutait, juste à côté de son oreille. Peut-être même a-t-elle mis son smartphone sur haut-parleur, mais il n'entend pas le résonnement, l'écho caractéristique.

Elle :

– C'est vrai ?

– Quoi ?

– Que tu as trouvé ta réponse.

– Oui, je crois.

Elle, qui insiste :

– Tu crois, ou tu en es sûr ?

Phi réfléchit plusieurs secondes. Moins d'une minute, en tout cas...

– J'en suis sûr.

Long silence.

– Tu es où, là ?

– Bordeaux.

Sensation de surdité. Plus de mot, de souffle ; mais pourtant, Phi perçoit toujours le grondement des voitures sur l'autoroute. Communication apparemment interrompue. Réseau insuffisant, peut-être ? Cela arrive.

Un semi-remorque vient de s'arrêter sur la piste réservée aux poids-lourds. Bâche rouge. Le routier descend de la cabine, fait le plein.

Se dirige vers la boutique pour régler. Carte bancaire de la société, facture. Ou bien carte carburant... Regagne son véhicule, escalade les marches jusqu'au poste de conduite.

Contact. Brume sombre qui jaillit du pot d'échappement.

Le camion tourne à gauche, vers Bordeaux.

Alors une voix, à son oreille ; celle d'Enéa ; lente, hésitante :

– Tu serais capable de retrouver le chemin de mon appartement, après tout ce temps ?

Phi rit.

– Oui ; je pense.

Silence, encore… Enfin :

– Viens… Non : reviens…

———————————

Enéa a raccroché, s'est dirigée vers son vieux lecteur de C.D. qu'elle n'utilise plus qu'une ou deux fois l'an. Retrouve au fond d'un tiroir le disque qu'elle cherche.

La voix parfaite de Liza Minnelli s'élève.

« Cabaret », « May be this time », en 1972.

Maybe this time I'll be lucky,

Maybe this time he'll stay…

Maybe this time, for the first time,

Love won't hurry away…

He will hold me fast,

I'll be home at last…

La musique, les intonations, font glisser des larmes d'émotion sur ses joues.

Les mots aussi, sans doute.

Plus encore, le contexte…

NOTES

Bien sûr, tous les personnages de cette histoire sont fictifs, à une exception près : le personnage de Mila qui est « semi » imaginaire. Sans doute certains d'entre vous ont-ils trouvé dans la deuxième partie l'attirance des hommes pour elle caricaturale et improbable, mais ce scénario est inspiré d'un fait réel.

Il y a bien des années existaient encore dans les entreprises et les services publics des « Salles fumeurs » où se réunissaient de malheureux intoxiqués – dont votre serviteur – pour rechercher leur plaisir coupable. Dans mon cas s'y retrouvaient régulièrement 5 ou 6 personnes au maximum.

Un jour de septembre, Mila – appelons-la ainsi, par commodité et car j'ai depuis longtemps oublié son nom si tant est que je l'aie, un jour, mémorisé ! – décida d'y prendre ses quartiers. Elle n'avait aucun atout physique particulier, sauf sans doute le fait d'avoir moins de 30 ans ; ne faisait aucun effort pour séduire ou attirer qui que ce soit ; ses tenues n'avaient rien d'affriolant ou d'aguicheur, masquant plutôt tout bout de peau superflu.

Du jour au lendemain, il n'y eut plus 6 mais 15 à 20 personnes dans la salle fumeurs, tous les nouveaux étant des hommes de tous âges, contraints par le manque de sièges à rester debout. Beaucoup verdissaient ou pâlissaient du fait de l'odeur de tabac *qu'ils ne supportaient pas, s'accrochaient le plus longtemps possible jusqu'au bord de la nausée.*

Ce spectacle fascinant dura deux ans, jusqu'au jour où Mila obtint sa mutation pour une autre ville. À la seconde de son départ, la salle fumeurs retrouva sa fréquentation habituelle.

Où qu'elle soit aujourd'hui, je lui souhaite d'être parvenue à gérer ce pouvoir presque effrayant et d'avoir su en tirer le meilleur profit.

Et, bien sûr, hors les scènes d'attroupement, tous les autres faits la concernant ne sont que le fruit de l'imagination – perturbante ou perturbée ? – de l'auteur.

Je tiens d'autre part à rassurer les lecteurs sensibles : aucun taon n'a été torturé, mutilé, martyrisé, disséqué ou anéanti pour étayer certaines conclusions de ce livre. Ceci uniquement au nom de la bien-pensance, car l'envie était indéniablement présente.

Enfin, merci infiniment à Nicole Toussaint pour sa relecture aussi précieuse qu'attentive !